绝境重生

Rising from
Desperation

刘健娜　著

SPM 南方传媒　花城出版社

中国·广州

图书在版编目（CIP）数据

绝境重生 / 刘健娜著. -- 广州 ：花城出版社，
2024.6
ISBN 978-7-5749-0255-8

Ⅰ．①绝… Ⅱ．①刘… Ⅲ．①长篇小说－中国－当代
Ⅳ．①I247.5

中国国家版本馆CIP数据核字(2024)第103926号

出 版 人：张　懿
责任编辑：夏显夫
责任校对：汤　迪
技术编辑：林佳莹
封面设计：王玉美

书　　　名　绝境重生
　　　　　　JUEJING CHONGSHENG
出版发行　花城出版社
　　　　　　（广州市环市东路水荫路11号）
经　　　销　全国新华书店
印　　　刷　深圳市福圣印刷有限公司
　　　　　　（深圳市龙华区龙华街道龙苑大道联华工业区）
开　　　本　880毫米×1230毫米　32开
印　　　张　5　　1插页
字　　　数　92,000字
版　　　次　2024年6月第1版　2024年6月第1次印刷
定　　　价　38.00元

如发现印装质量问题，请直接与印刷厂联系调换。
购书热线：020-37604658　37602954
花城出版社网站：http://www.fcph.com.cn

目 录

第一章　晴天霹雳

春天迈着轻快的脚步走来了，百花吐艳，万物复苏，桃灿灿，柳依依。空气中弥漫着醉人的清香，山林黛，水漾绿，一切生机勃勃。

厦江市，是北方一座古老的城市。省重点厦江大学就坐落在厦江市的东北边。大学里除了教学楼、图书馆、实验室、体育馆等，树林占了很大的面积。这里50%都是郁郁葱葱、枝繁茂叶的树木，它就像一片绿色的海洋。大家都说走进树林像是进了陶渊明的世外桃源。

学校的花园，也被春天涂满了蓬勃的色彩。绿油油的芳草，五彩缤纷的花朵，暖暖的阳光，美得如一幅精美的油画。

2011年4月初的一个早上，8点整，全体师生整齐地集合在广场。一会儿，喇叭响起了《国际歌》，全场庄严肃穆。鲜艳的五星红旗，冉冉地在歌声中升了起来。完成升旗礼后，王校长给大家讲话。

他慷慨激昂地说:"同学们,现在是4月了,到5月,低年级的同学要考好几门功课,毕业班要出论文,还有两门的主课要考,你们的学习任务很重,希望继续努力!你们是祖国的未来,青年强则国家强!我们厦江大学,历来是出研究生的摇篮,是本省出研究生最多的大学。历来啊!知道吗?希望你们不要辜负父母和国家的期望,加把劲儿,努力考出更好的成绩!我的讲话完了,谢谢大家,散会。"

王校长铿锵话语中充满让人奋斗的精神。大家热烈地鼓掌,然后散开,各自走向教室或图书馆。

那天下午,四年级是自习课。在校园的一个树林里,一个男孩子拿着一本课本和一支笔,坐在一个石头凳子上,聚精会神地看着,并不时地在书上写写画画。一小时后,他将落在头上的几片树叶轻轻地拂去,不由得站了起来,抬头向天空深深地吸了一口气,然后望向那漫天葱绿的树林,似乎在沉思什么。他轻轻地叹了一声,过了一会儿,又坐下来了。树叶继续落下,一片又一片,掉在他的头上,他仍然专注地看书。

这个男孩名字叫李进,21岁,大学四年级学生,读的专业是精细自动化设计。

他有着一头微微凌乱的碎发,英俊帅气的脸庞轮廓分明,一双不大的眼睛像深邃的海洋,身上散发出来的气质好复杂,像是各种气质的混合，有着自己独特的空灵，一米八的健美个头，配上那身皱皱巴巴的衣服和颇为放荡不羁之习气，在校园里成为一道独特的风景。

他还有个双胞胎的妹妹，也在本校读四年级，读的是会计学专业。妹妹叫李婷，比哥哥晚生了 10 分钟，一出生就与哥哥不同，笑脸盈盈，不像哥哥哭得哇哇的。现在李婷出落成大姑娘了——明眸皓齿，脸若银盘，眉目间蕴藏着一股书卷的清气，皮肤白皙，身材高挑，性格开朗的她，脸上常挂着微笑。她和哥哥感情很好，计划大学毕业后，一起到法国读对口的研究生。

春天的树林里，鸟儿不停地飞上枝头，雀跃、欢叫。但这丝毫不影响李进读书的专注。

这时，一位女孩子出现，她身材曲线完美，模样楚楚动人，肌肤如霜如雪，青春四溢。她名叫何慧云，也在厦江大学读四年级，专业是英语。21 岁的她，与李进是一对恋人，两人从高一就好上了。但此时的慧云表情颇为复杂。她拿着两瓶无糖的可口可乐，慢慢地走向李进，静静地站在他身后。一股熟悉的浓浓的香水味飘荡在李进周围。李进知道慧云来了，他不回头，也不打招呼，将手中的课本合起来。李进头也不抬，也不站起来，举起右手，慧云马上将其中的一瓶可口可乐递给他。

李进拧开盖子，喝了几口，然后拧上盖子，打量这瓶可口可乐。这时他仍不回头，也不说话。慧云着急了，她扭动那曲线秀美的身体，走到李进面前，委屈地说："我是父母唯一的女儿。这两年你家的经济实力日益衰退，现在已接近破产，人人皆知。"

她又小声说："我父母是不允许我嫁给你的。我也很痛苦。你应该理解我啊！"说完，她脸上流露出勾人心魂的迷恋之情，那双明亮的眼睛无可奈何地盯着李进。李进也望着她，两人从相遇、相知、相爱，已经有六年多了。他们此时彼此深深地凝视着，知道今天在这里见面意味着什么……两人都不由自主地流下了眼泪。过了一会儿，李进擦干泪水，抬头环视这漫天碧绿的参天大树，还有那万紫千红的花朵。

他说："春天是对生命最深的感悟和缅怀。我理解你，不会埋怨你。今天苍天做证，我们就此别过吧。祝你一路好运！"说完，他拉着她拿可口可乐的手，两人碰瓶，一起喝了起来。李进看着瓶子，苦笑地说："六年前，我送给你的是含糖的可乐，因为你爱喝，今天我们仍然喝它，却是无糖的，真是无心插柳柳成荫啊。"

慧云仍然是涕泪俱下，她一下子抱住李进，不舍地说："如果有来生，我做你的女人。"李进轻轻地推开了她，突然高声地说："没有来生，我们此生可以做朋友。我眼下要完成5月最后两个科目的考试，还有论文。我的家庭状况已经告诉我，我的未来如茫茫大海，眼下只有顺利大学毕业，我才能自食其力。"

刚说完,李进的手机响了。他一看,是父亲公司的秘书李叔的电话。只听见电话中传出急促的声音,叫李进马上到市第一人民医院急诊室。李进问:"发生什么事了?"李叔略微停了一下说:"没什么事,但你现在必须马上到。"那一瞬间,极大的不安涌上李进心头。从李叔的声音中听出一种不祥的预感,他立刻把课本和可乐交给慧云,跑出校门,叫上一辆的士,直奔医院。

路上又堵了一会儿车,到了急诊室,李进看到父亲和母亲分别躺在急救床上,已经去掉氧气管、心脏起搏器以及检测仪——父母已经没有了呼吸。怎么会是这样?!

李进瞬间就像被万伏电流击中一般,心脏则像被利刃刺进般疼痛,他眼前一阵漆黑,泪水如滂沱大雨般地流下。妹妹李婷已经哭昏了,被将他们从小带大的冯姨搂在怀里。

李进跌跌撞撞地走近父母,他先是轻轻地抚摸着失去了温度的母亲,又转身抚摸着失去了温度的父亲;一会儿亲着母亲,一会儿亲着父亲。他觉得父母还活着,于是大声地喊:"爸爸妈妈,你们醒醒啊!!"可是他们就是没有反应。他仍不相信,前天晚上,母亲来电话说与父亲开车到南州借到了一笔钱还债,怎么今天就溘然长逝?

这是无论如何都无法接受的事实,李进突然眼前一黑,跌倒在急诊室的地上,就什么都不知道了。

几天后，父母合葬在厦江市郊区西北边的一个墓地。父亲享年48岁，母亲享年46岁。墓地摆满了鲜花。父母的公司来了20多个同事，老家没一个人来，因为双方的父母已经去世，父母都是独生子，还有就是家里的一个司机和三个保姆。

原来，当天上午，父母发生了严重的车祸，被120送到医院时伤势十分严重，医院虽尽了最大努力抢救，父母还是在下午4点去世了，没来得及留下一句话。葬礼当天，兄妹俩跪在父母的墓前，哭得声嘶力竭。葬礼完毕后，兄妹俩因伤心过度，竟体力不支站不起来。妹妹跪着对父母沙哑地说："爸爸妈妈，这两年，你们为了还债，没有睡过一天安稳觉。现在，你们可以好好休息了。我们想你们。我和哥哥将要度过比死还痛苦的岁月，但无论如何，总会过去的，你们安心地睡吧。"李进又一次上去抱着父母的相片，吻了又吻，颤抖的手抚摸着他们，久久不愿离开……还是李叔他们将两兄妹硬拉到车上。

回家了，回家了，这是一幢漂亮的大别墅。可这还是家吗？

从天堂掉到地狱，只是一瞬间。

家里的门口贴了一张大大的告示：勒令10天内，兄妹俩离开。因为，银行要收回房子。

他们的父母名下有两套大别墅，四套200平方米的房子，一栋1000平方米的写字楼，四辆车。因为欠了银行的钱，再无资金偿还，现在这些资产除了一辆车外全被银行没收。

他们全家就住在这幢大别墅里，三层楼，约450平方米，花园约500平方米。

这幢别墅的美犹如一幅精心绘制的画卷，令人心驰神往，其优雅的轮廓、起伏的屋顶和别致的大花园，恰如其分地勾勒出一幅美丽的画面。他们在这里住了十几年了，在这里度过了快乐的童年和青少年时期，现在要离开这幢大别墅，兄妹俩的心情既悲伤又复杂。他们格外不舍离开这熟悉的家，因为这里有父母的味道、父母亲昵的声音、父母的音容笑貌宛若眼前……但残酷的现实让他们不得不离开。

兄妹俩从小是含着金钥匙长大的，不会做饭、不会搞卫生、不会坐公共汽车、不会乘地铁，更不知道外面的世界是怎么样的。家中有三个保姆、一个司机照顾他们，兄妹俩的生活就是读书、打球、运动。父母放假带他们到国内外旅游，有时候还带他们参观革命老区，因为爷爷参加过抗美援朝，祖爷爷还参加过长征，是"老革命"。父母除了平时对他们进行爱国主义教育，勉励他们以后要自力更生、遇到困难要坚韧不拔、百折不挠外，家务事很少让他们干。兄妹俩基本过着饭来张口、衣来伸手的日子。

父母在改革开放初期双双考上了大学，毕业后，又一起下海成立了公司。他们开了一个特色的饭店，生意红火，很快地赚取了第一桶金，之后就买了一块地做房地产，以后 20 多年间均是买地，用地皮抵押，向银行贷款建房子。

那些年做房地产生意，父母赚了不少的钱。汶川特大地震时，他们还捐了 500 万元。后来，房地产制度完善后，夫妻俩玩起了国际货币基金。他们亲眼看到了同班同学做国际货币基金翻了好几番，赚钱来得快，好生羡慕。所以，父母用所有的固定资产向银行贷款，并将所贷的资金都投入国际货币基金。

然而，到了 2010 年，国际货币基金一下跌了 98%。他们所有的钱都砸进去了，此时，银行不停地要求他们还款、还息。最终，欠的钱无法还清，除了银行收回他们名下所有固定资产和流动资金，还欠 200 万元。

出事的那天早晨，一位老同学答应借给他们 200 万元，但要以最后那辆名车作为抵押。两口子高兴，终于可以还清银行欠款了，连夜开车去答谢。因为这两年过度劳累，在上午回来的时候，发生了车祸。

钱是还清了，但却失去了生命。可怜的是两个孩子无家可归。

然而，更让人难以接受的是，父母购买的国际货币基金，被有些部门认为是卖国行为，要清查与父母有往来的人员，使得父母的朋友皆不敢上门帮助两个孩子。原以为父母的好朋友，尤其是平日父母关照的合作者，会安慰或资助兄妹两人，但他们在损益计算后，都改变了态度，对兄妹俩置之不理。李进真觉得人生很悲哀。

好在跟随父母十几年的李叔等几位同事，变卖了公司的办公用品，将家里的司机和两个阿姨一年来没有结算的工资都结清了，并将余下的几百元交给了冯阿姨，委托冯阿姨继续照看两个孩子。李叔他们自己什么也没要，就离开了。家里的电器、家具也卖不掉，因为父母去世不吉利，没人愿意买。在整理父母留下的遗物时，兄妹俩首先挑选了全家的几张合照，然后拿着各自的电脑、手机、手表和衣服等。

李进还发现了父母遗留的手机，是公安局送回来的。他打开手机，看到其中一条短信，那是去年底父亲出差外地时发给母亲的。

父亲说："亲爱的，夜深了，我依然难眠。现在，国际货币基金跌得让人无法预料，几乎见底了，咱们这步棋走错了，实在太轻率了。多年的努力，算是白费了。真对不起进和婷！只是希望两个孩子以后做事脚踏实地，吸取我们的教训，不要步我们的后尘。赶快还清所有的债务，咱们从头再来吧。有我们的挚爱和两个懂事的孩子，我有信心从头再来。亲爱的，坚强点。莫斯科不相信眼泪。忙碌的蜜蜂没有时间叹气悲伤。吻你！"

母亲回复："懂你！无论今后的路多难走，咱们一起蹚。事压不垮人。只要与你在一起，相信明天的天空会更蔚蓝。

你快睡吧，吻你！"

看到父母之间的短信，李进哭了，把手机递给了妹妹，两人抱在一起哭得撕心裂肺。一会儿，李婷珍惜地将父母的手机仔细地包好，哭泣地说："放在我的包里，我来保管吧。"

冯姨在李家 20 多年了，今年 52 岁了。李婷生下来时，她就带着李婷，视李婷为己出。

冯姨患有轻度的先天性唇腭裂，她早就不打算结婚了。20 多年来，她与李家人如亲人般相处。冯姨只有一个 50 岁的弟弟和同岁的弟媳，住在离厦江市约 28 公里的农村，那个村叫永和村。

冯姨家里有个院子，进了院子有五间房子。房子是 20 世纪 70 年代修缮的，虽然旧旧的，但院子和房间都整理得很干净。院子里还有一个洗澡房，有一个单独的厕所，说是洗澡房，其实就是没有窗口的小房间，只有一个排气扇。好在这两年政府对城中村进行改造，家家户户都安装了自来水。以前，村民都集中去村东和村西的公共厕所如厕，现在改成了每家都有单独的厕所。她的弟弟和弟媳婚后没有孩子，收养了一个被遗弃的幼女，这个女孩 4 岁就与他们一起住了，叫他们舅舅、舅妈。他们对她视为己出。因为不知道她叫什么名字，就叫她平安。现在平安都 20 多岁了。舅妈早在三年前因病去世了。

第二章　挣扎

兄妹俩到哪里去住呢？租房子？没钱。

还是冯姨出了主意——回她弟弟永和村那里住吧，那里也是她的祖屋。永和村离厦江也不算太远。那里有公共汽车直达厦江市。以后兄妹俩上学、上下班还算有交通条件。

关于永和村变得越来越城市化，兄妹俩早就知道了。上中学的时候，父母带他俩去永和村玩过。即使永和村现在倒退回10年前，条件再不好，兄妹俩也只能选择回永和村住。因为这是唯一的选择。更重要的是，能和冯姨在一起。

他们三人带上行李，坐了两个多小时的公共汽车，一路上颠颠簸簸的，终于到了永和村，到了他们的新家。

永和村的村口立有一个麻石做的大牌坊，牌坊上刻着"永和村"三个字，那牌坊显得古老而沧桑。

走近牌坊，有十多棵参天古树。古树底下放了几张石桌子和石凳子。

左边有一个打麦场，是近年新铺的水泥地，城里人叫操场，有三个篮球场那样大，打麦场旁边是一条大河。

右边是一条约五米宽的路，路的两旁是一座座紧密相连的房子。房子后面就是连绵起伏的群山。房子都是两或三层高，各有各的造型，外观都比较旧了，每栋房子都有一个小院子。冯姨的家就在牌坊进去的第三家。

舅舅已做好了饭：白米饭，水煮鱼，一碗红烧肉，一碗豆腐，两盘青菜。舅舅是一个不爱说话的人，但很善良、慈祥。

平安姑娘也上前打了招呼，帮助他们收拾东西。

平安由于长期在农田里做事，清秀的脸上长满了黑斑，头发像个鸡窝，尽管有一双水灵灵的大眼睛，一副纤巧挺拔的身材，但猛地一看，以为她快30岁了。

平安安置李婷和冯姨睡一间房，这间房布置得很温馨。她又给李进单独布置了一间房，大约12平方米。房间虽小，有席梦思床、衣柜、写字台、书桌灯、凳子，还挂了一副天蓝色的窗帘，房间里干干净净的，床上的被子也是干干净净的，远远地还闻到一股太阳晒后的香味。看得出来，平安很细心。

吃饭了，冯姨知道兄妹俩喜欢吃米饭和水煮鱼，特地盛好端给他们。然而，兄妹俩吃每口饭都很痛苦，吃起来每颗米粒就像沙子一样，难以吞咽。李进吃了半碗饭后，索性不吃了。

从父母逝世至今不过十多天的时间，相爱六年的女友慧云也离他而去，李进那张脸变得憔悴不堪。

他连续三天都躺在床上，不吃不喝，昏昏沉沉，万念俱灰。大家怎么劝他都无济于事。到了第四天，冯姨、舅舅、平安、妹妹又轮流进小房间，劝他吃饭喝水，但都被李进拒绝了。

第五天，妹妹倒了一杯水，放在哥哥的床头，含着热泪哀求着说："哥哥，我就你一个亲人了。你再不吃不喝，身体垮了怎么办呢？这几天我也是食而无味，寝而不眠。是平安和冯姨强劝我咽下的……现在我们活下去才是最重要的，活下去才是父母的心愿。"说完李婷号啕大哭。听完妹妹的一席话，李进拿起那杯水，狠狠地砸在地上，手指着七零八碎的玻璃片，有气无力地说："我们今后的生活就是这样，支离破碎，今后怎么活下去？你少来教训我！"

此时，李婷不哭了，小屋子一下子安静了。李进不由得朝妹妹望去，看到妹妹原来脸若银盘、白里透红像水蜜桃的脸蛋，现在变成了瘦长脸，面无血色，两眼无神，充满了悲伤和忧郁。原来一副修长窈窕的身材，现变得骨瘦如柴，孱弱不堪。

她此时正蹲在地上一片一片地捡碎玻璃，手指被玻璃割破了，虽然伤口不大，但鲜血不断地往外涌出，一滴一滴地滴在地上。李婷毫无感觉，像个机器人，仍在那里捡着。此刻，李进心里微微震动。

哐当！门猛地被踢开了。平安进来了，她拿着一把扫把往地上一摔，瞪着李进，眼睛显得更大了，因为生气，长着黑斑的脸变得红彤彤的，看着有点吓人。

她指着李进大声说："你像个男人吗？成天萎靡不振，如槁木死灰。你妹妹一个女孩子都懂得要活下去，你连女人都不如，让我们瞧不起你！"

听了平安的呵斥，李进面如死灰的脸上现出了激动的神情。他有气无力地吼着说："死的不是你的父母，你当然感受不到我们的痛苦，我们深深的悲痛根本无法言表。你少来教训我！"

听到"父母"两个字，平安一下子泪流满面，她浑身微微颤抖，过了好一会儿，才稍微平静下来。

她含着眼泪说："我十几年前被坏人拐骗到这个穷山区，那时我才4岁。我多么想我的父母啊！我天天哭泣，几年来每天仅仅吃一点点的饭，跟猫儿吃的差不多，渴了就喝家里水缸里的水。舅妈几乎每天都给我炖肉汤和煮鸡蛋，我背地里全扔掉了。那几年我都没怎么长高，转眼到了7岁。读小学了，学校都不想收我，以为我是不到5岁的孩子。

"舅妈多次慈爱地告诉我：'你现在是在损耗生命，我们已经多次上报公安局给你找父母了，你要多吃饭，好好读书，才有机会找到父母，你的父母也希望找回一个健康的你。'在舅舅、舅妈的帮助下，我才渐渐地走出了困境。然而，我那时才是一个孩子，不是成年人。我走出困境比你们难得多。"

李进两兄妹听到这席话，很是震撼，原来平安也有撼人心魄的经历。

平安擦干泪水，给妹妹包扎伤口后，拿着扫把很利索地清理碎玻璃，边扫地边说："难道我们三个年轻人每天就这样如朽木死灰般地过日子？你们的父母在天上也会不安心的。也许我的父母也在找我。"

突然，李进脑子开始清醒了。平安坚强、乐观，妹妹知性、开悟，都让李进开始明心见性了。他决定不能再这样颓废下去了。他和妹妹要把学业完成，才能找到工作，养活自己。这是当前唯一的选择。

他向妹妹要了一碗水喝，这是他五天来喝的第一碗水。平安马上又端上一碗热粥。李进也喝下去了。他想站起来，却一下子摔倒了。平安和妹妹要扶起他，他不要。过了一会儿，他才东倒西歪地扶着凳子自己站了起来。

这时候，夜幕降临了。李进跌跌撞撞地走到院子里，坐在板凳上，抬起头，望着天上的月亮。他感到月亮冷冷地挂在天上，让他的哀思如潮。他想起小时候父母常带他们兄妹俩在别墅里的花园看星空的情形。他还记得，父母告诉他们，遇到不开心的事，常看星空，所有的伤心和烦恼都会离去，要相信明天的天空更蔚蓝。

尽管他知道哀思不会那么快过去，他和妹妹5月至7月都有最后两门考试和论文必须过关，他俩都要度过这段痛苦的日子。他流下了眼泪，告诉自己，一定要振作起来！活着的人要好好地活下去。这时候，妹妹又端来一碗粥，平安端上一碗排骨汤，李进毫不客气地接过来，大口大口地喝下去。

2011年7月，兄妹俩终于顺利地毕业了。他们又搬回了永和村住，准备找工作。

兄妹俩没有任何收入。这段时间在学校的伙食费和车费等，全是平安资助的。在毕业前夕，他俩都在网上的对口专业投下求职简历。但过去一个月了，回复是：缺乏这方面的实际工作经验，不予录取。

父母离开他们三个月了。妹妹有冯姨和平安的陪伴，脸上渐渐有了血色。李进的精神状态和身体也开始恢复。为了找工作，他将头上凌乱的碎发剪去了。身上的衣服洗得干干净净的，房间里的衣服也被平安叠得有棱有角。

在7月底的一个星期天，李进6点就起床了。如果父母健在，他一定是睡到10点或11点，然后才懒洋洋地去洗漱，一家人吃午饭。下午与父亲打高尔夫球或者羽毛球，晚上和慧云一起在外面吃饭，然后看电影或者逛商场。这就是过去的假日生活。

但是，星期一至星期五，都是按照学校的时间早睡早起，勤奋读书或去图书馆。这一点他和妹妹都很自觉。

今天是星期日，以后的休息日，他是再不敢享受，也不能享受了。他和妹妹约好，要为这个家干点事，像个家庭成员。比如喂猪、喂鸡、喂羊、种菜、上山打草、搞卫生等，他俩不愿意让别人白白养活。

当李进简单地完成洗漱时，已经是早晨6点15分了，妹妹也起来了。此时他走进客厅，看见桌子上已摆好一大笼的熟地瓜和一碟茶叶蛋，冯姨熬了一大锅花生粥，桌子上还放了几碟可口的咸菜，小小而简朴的客厅，充满了温馨和香味。冯姨给李进盛了一大碗热乎乎的粥，碗里放了两个茶叶蛋。乡下的碗都比城里大，叫大海碗。李进双手接过粥，看见冯姨慈母般的热情，心里涌出一股温暖的感情，觉得她真像母亲。

过去他家的早餐是牛奶、鸡蛋、香肠、牛排和沙拉，阿姨端到桌子上，李进从来是毫无表情，当之无愧地吃着，母亲总是穿着睡衣给儿子切牛排。今天李进低头喝着粥，觉得鼻子有些酸。他快快地喝完了粥，吃了一块地瓜，就请教冯姨，如何喂猪、喂鸡，给羊喂草，菜地如何管理，等等。

这个时候太阳升起来了。平安上山割草回来了。她麻利地将新鲜的草放到杂房里，到院子的井里打了一盆水，将脸上的汗水和手上的灰尘洗得干干净净，然后回到自己的房间，换了一件干净的、浅色的小花衣服。李进这才发现，她的身材跟妹妹一般高，那样苗条，步履轻盈。虽然家里有自来水，但平安说夏天用井水洗脸是很解暑的。李进主动给平安端了一碗粥。喝完粥，平安拿起一大块地瓜，坐在凳子上，边吃边问他们找工作的事情。

兄妹俩不约而同地说被拒绝了。李进接着说："我这两天也在反思，刚开始找工作，不一定要找对口的专业。但李婷可能可以，她在银行可以从服务生干起。我就有一定难度，因为对口专业要求严格，需要你的工作经历。所谓工作经历，就是你对所学专业的熟悉程度和与人协调的能力等，因为公司不是培训班，多数公司需要的是一来就能上手的人员。"两个女孩子佩服地点了点头。

平安说："我在网上买了《如何提高职业场上的工作能力》这本书，此书可能适合你看。"

李进说："我正想找这本书看呢。"他好奇地问，"你怎么会懂这些书？"

李婷说："平安是高中毕业，现在正在网上读大学电子商务，所以她的知识面不比我们少。"

平安有些不好意思地笑着说："我是积分制，比起你们专业差远了。平时还要上山打草、维护果园，夏收和秋分特别忙。还好，现在喂猪、养鸡、养羊、种菜、做饭这些活儿，冯姨和舅舅全都包了。农闲时和平日不忙时才能静下心听课，现在已经读完一年级了，还要紧张两年，三年后毕业。"

　　冯姨接着说："平安比你们还小些。她是 1990 年中秋节出生的。1994 年中秋节夜晚看花灯时被坏人拐走的。到舅舅家只记得自己大约的出生日和年龄，记得家在城里的高楼大厦。农村长大的姑娘，经常日晒雨淋，显得老些。"

　　李婷惊讶地说："我们是 1990 年春节出生的。我们俩是你的哥哥姐姐。我们仨是同年出生的。"

第三章　不谙世事

8月上旬。终于有一天，李进接到一家销售运动服公司的面试通知。巧的是那天还有一家销售手机的公司邀约面试。两家公司到公共汽车站走路都只要 10 分钟。他露出了久违的笑容。

那天，他穿上整洁干净的衣服，早上 6 点，就赶到永和村的公共汽车站了。因为到城里要两小时的车程。8 点 30 分，他先到了第一家销售运动服的公司。

面试官问他："为什么愿意干这份工作？"

李进说："为了生活。"

面试官又问："你喜欢这份工作吗？"

他回答："不喜欢。"

面试官又继续问："你对运动服是否有一点概念？"

他又老实地回答："没有。"

李进觉得这样回答不妥，马上说："我学的是精密自动化设计专业，但也读过销售课程。我可以参加贵司的专业培训班，从而熟悉这项工作。坦率地讲，我不善于与人打交道，也不喜欢与无关人员沟通，但我会尽量克服这个缺点。"

面试官又问："你是重点大学出来的高才生，专业难度大，是个人才。如果我们将销售队伍交给你，有信心管理吗？"

李进沉思了一会儿说："我没有这方面的能力。我做一般的销售人员可以，管理人员我不行，我也不想在销售管理行业方面发展。"

面试官听了李进的回答，明白了他的求职愿望，不是公司需要的，然后直接地答复了他："你可以走了。公司决定不录用你。抱歉！"

临别，面试官对他说："你是个老实人，如果找一个合适你的专业和位置，你一定会做得很出色。"

听到公司的回复，李进不知道自己错在哪里，他讲的都是实话。他跟面试官握了握手，告辞了。

他走出公司，平复了一下心态，看了看时间才 10 点 30 分。第二场面试的时间是 11 点，他又马不停蹄地小跑到销售手机的利伟有限公司面试。

当面试开始时，其中一位 50 岁左右的面试官看见他手里拿着的手机很高级，颇有兴趣地问："你一定很熟悉各种手机的性能吧?"

李进皱了皱眉头,直率地说:"我仅仅是喜欢这款手机的功能,其他手机并不熟悉。我可以参加贵司的业务培训,争取早日熟悉。"

那位面试官又问了两个问题:"你是重点大学毕业的大学生,学习的专业与你现在求职的销售工作极不相称,可以解释一下吗?看你的气质和谈吐,你怎么会住在永和村?来这里上班,每天来回四个多小时呢。"

李进听了,马上脸色一沉,倨傲地说:"我拒绝回答这两个问题。请你们问与工作有关的问题。"

那位面试官当即说道:"你可以走了。"

李进站起来,没有向面试官告辞、握手,而是对他摆摆手,说了一声"再会",头也不回就走了。

李进走出门时,已是下午 1 点 30 分了。他从早上 5 点多吃的两碗粥和地瓜,现在已经饥肠辘辘。刚走出 20 多米,他看到一家快餐店,很是高兴。但一看手里只有两块钱,是乘车钱,他心里又惴惴不安。过去,他从来没有现金的概念,出门消费就是刷卡或自己开车。现在出门身上必须带现金,而且还要向平安拿。尽管平安经常主动塞给自己几百元,但作为一个大男人,李进觉得很丢人。

这家快餐店里面卖的是米饭,配十多种可选择的菜肴,有红烧排骨、炸鱼、牛肉、红烧鸡块……香气扑鼻,让人垂涎欲滴。李进饿着肚子在快餐店门口来回徘徊，一会儿走进快餐店，想说话又不好意思开口；又走出快餐店，来回走了几步，手足无措。一个盒饭15元，他想向老板赊账一碗，以后补钱，但又不好意思开口。突然，看到自己手上有块劳力士手表，他似乎找到了希望。

他马上坐进快餐店里，将劳力士手表放在餐桌上，叫老板过来。这时，快餐店老板来了。李进觉得这位老板怎么有点面熟啊，他长得风度翩翩，器宇不凡，不像一个快餐店的小老板。

哦，这不是刚才在利伟公司面试自己的那位面试官吗？李进顿时感到有些无地自容，这位老板打量了他一会儿，问："你没钱吧？"

"是。"李进回答。接着李进直言不讳地说："我忘记带钱了，这是我的劳力士手表，这块手表是新版的，才买了两年，放在你这里做抵押，过两天将钱还给你，再将这块表取走，可以吗？"然后，不等老板同意与否，就双眼朝上，不屑一顾地盯着天花板。

老板走进厨房，弄来了大饭盒，下面是米饭，上面是满满的红烧排骨、炸鱼。李进心里一阵欢喜，终于吃上饭了！

谁知，老板用一张干净的白毛巾将桌子擦得干干净净，将饭和红烧排骨及炸鱼倒在桌子上，放下一把勺子，拿走了大饭盒，说道："小子，你就这样吃吧。"说完老板也没拿走劳力士表，而是坐回收银台继续他的工作。

这不是侮辱人格吗？从小到大，任何食物掉在饭桌上从来都不吃的李进，立马站起来，拿回了手表，义愤填膺地转身，快步走出了快餐店。此时，他的心情仍难平复，肚子居然气饱了，不饿了。

他走到一棵树下，让自己安静下来。回想刚才吃饭那一幕，就像一把刀扎在他的心里，他禁不住流下眼泪。等激愤的心情平复后，他回想今天的两次面试，两个公司对自己都不满意。他觉得自己像一个失去自由的人，任人宰割。他在树下坐了一小时，才坐上公共汽车。回到永和村已经下午5点多了。他口渴得不行，走到客厅喝了两大杯水，然后回到自己的小房间，倒在床上。人很累，心更累，睡不着。

过了一会儿，他听到一阵轻轻的敲门声，是妹妹喊他快出来吃饭了。

他意慵心懒地走到小饭厅，看到今晚煮的是白米饭、红烧排骨、炸鱼，还有两个青菜。晚上的荤菜与中午快餐店的竟然一模一样，李进愕然得差点跳起来，触景伤情的感觉让他一点食欲都没有了。他推说中午吃得很饱，就回到小房间躺下了。

家里的人都不敢问他面试的情况。看到李进哭红的眼睛和沮丧的表情，就知道他不顺利。第二天、第三天，他每天出来就吃两餐饭，饭后就躲进小房间。第四天，他一大早就起来，陪平安上山整理果园，给果树除草、施肥……一上午他一句话也不说，平安也不好问。

下午他经过村里的参天古树，看见一个坐轮椅的女孩子，十七八岁的样子。她在用双手攀登古树，树有 20 多米高。她攀了三个来回，攀完后用干毛巾擦擦脸上的汗水，喝完一瓶矿泉水，自己推着轮椅到树荫下读书，读的是物理。据李进所知，这可是准备参加高考的书。他心里一阵阵感动……

晚上他问平安那位女孩是谁。平安说："那姑娘叫英子。五年前上山打柴，不小心从山上滚下来，双腿摔断了，好在命保住了。她内心很坚强，从小的愿望就是考上省工业大学。这几年她一直锻炼身体，从未间断读书。高中别人读了三年，她用两年时间就完成了。她说自己的脑子和上身、双手都是正常的，立志要做一个自动化工程师。"

李进又问她的生活谁照顾。平安回答："她的生活全都能自理，还能帮家里干一些力所能及的家务，她是省残疾人协会的副会长，经常组织残疾人开展心理讲座，引导大家克服困难、相信自己。虽然残疾人比正常人做事困难很多，但只要耐心和想办法，不要讲面子，什么困难都可以解决。"

平安说着说着就激动了，她敬佩地说："英子有两句名言被广泛流传。一是人最可怕的是心理残废，二是最可怕的是要面子。英子解释，人活着是追求自己的感受，不是活给别人看的。英子乐观向上的精神感动和鼓舞了许多人。英子要证明，残疾人一样有能力生存，而且可以快乐、轻松，只要找到了适合自己的光度，就能实现自己的人生价值。"

李进边听边点头。然后，他倒了两杯水，一杯递给平安，一杯自己喝着。他好奇地对平安道："我发现村口右边的第一间房子，墙上刻了八个醒目的大字，'同心同德，敢与天斗'。"接着用赞扬的口气说，"'敢与天斗'，这句话真霸气。"

平安自豪地笑着说："这是永和村的精神，也是非物质文化传承吧。听说有永和村就有它啦。"

平安喝了一口水，告诉李进："就我所知，十多年前永和村发生过两次大水。大水冲倒了一部分房屋和果园，淹没了所有的农田。也发生过两次干旱。农民是靠天吃饭的，他们毫无怨言，坦然面对，显示出人类不屈不挠的意志。在政府的帮助和他们自己的努力下，重新建设了家园。这些年政府还科学地做了加大储水量和排水量工程。现在永和村的收成越来越好了。"

那天晚上，李进失眠了。他被英子深深地感动了，也被农民那种坚韧不拔的精神打动……他努力反省自己面试的不足，下决心找一份工作。

8月中旬开始入秋了，秋风送来了凉爽，秋风送来了沉甸甸的果实，秋风使树叶翩翩起舞。秋天的树林五颜六色、美不胜收，令人陶醉！看到这美丽的大自然，李进的心情也格外舒畅。

李进自第一次面试后，就再没去了。这十多天的日子里，他跟着平安一家人一起干活，忙得不可开交。整理土地，准备种麦子，摘收果园的果子，苹果、桃子、雪梨……丰收的硕果，让人喜不自胜。家里的院里院外，村里的家家户户，也都堆满了水果。

李进建议平安在网上卖，但必须做好包装。按传统销售，损失很大。李进又帮忙做包装设计，帮助联系包装厂家。平安正在学电商，放在网上卖果然效果很好。幸好永和村离城里也不远，居然带动了城里的市民开车过来旅游，连带购买农产品。

8月的永和村热闹得像过年似的。

永和村本来就是一个山清水秀的村庄。李进情不自禁地说："在永和村搞旅游大有可为，建议平安继续挖掘永和村的优势，促进村民增收……"平安是个实干的女孩子，很少进城，从来没有那么多的想法。她听着李进声情并茂的计划，一双水灵灵的大眼睛望着李进，钦佩得不断点头叫好。

李婷在8月初就找到工作了，在一家农商银行工作，先当服务生三个月，月薪2000元。如果工作表现好，三个月后可以转为正式职工，届时的工资是2500元，每年还可以递增。这个工作就是上班时间长，早上6点30分出门，晚上回到家已经快9点了。但她很高兴可以自食其力了，可以向平安交伙食费了。

李婷以前用的护肤品每月要花 1000 多元，加上穿的都是名牌，一个包包就是 1 万多元。经过这次家庭的变故和受平安的影响，她懂得了"适者生存"的道理。她现在用的是国产的护肤品。因为有工作了，心里高兴，皮肤又像过去一样的白里透红。

李婷还买了防晒霜和护发素教平安使用，并叮嘱她夏秋两季有太阳，出门要戴帽子，告诉她晒多了会得皮肤癌。这十几天里，尽管平安天天外出在地里，脸上的黑斑居然比以前还减少了。她将头发剪短了，一头整齐、乌黑的顺滑秀发，泛着自然的光泽。

李进经过十多天的调整，心情好多了。他又不断地投简历，等待的日子是最磨人的。他趁此机会学了不少的农活，种菜、喂猪、喂鸡等等。

第四章 潘小姐的"魅力"

8月18日的那天下午，李进收到了面试通知，要求他22日上午9点到公司面试。这家企业叫永盛公司，经营的产品都是现在办公室用的3D彩色复印机、电脑及进口和国产的办公用品……这些产品李进并不陌生，因为他以前常到父母办公室写作业，有时无意中听到他们在讨论发展市场的问题，从小耳濡目染。

自己学的专业这次还没真正用上，他心里颇为遗憾。但他明白，他现在首要任务是学习做人，学习与人沟通，吸取上两次面试的教训，积累经验。

那天，充满信心的李进提早10分钟到了面试的现场。见面的第一个问题是：你是否熟悉办公用品？这对李进来说是小菜一碟。他自信地回答："熟悉！"然后他滔滔不绝地讲了现代公司所需要的办公用品应分为几个档次，并且建议公司经营的部分产品应走在同行的前列。公司问的第二个问题是：如何提高销售额？李进思索了一下说："一是定期参加全国和各地区同类产品的展销会。二是可以将个人收入与业绩捆绑在一起。三是建议办公室设个信息组，定期向新老客户征求他们对办公用品需求的意见。"面试官们听了，都点了点头。

面试官又问："你所学的专业与销售办公用品有很大差别，对此你怎么想？"

李进听了，沉思一会儿后，侃侃而谈："首先，我在读大学假期间，曾到办公用品公司打工，我人生第一印象就是它们，我对它们颇有感情。二是现代科学不断发展，办公用品不断地改进，也有助于提高工作效率和质量。我学的专业也许有机会改良办公用品，比如，复印可以不用人操作，用个机器人，并且它还可以按照指令送达有关部门。我相信老板会有这样的战略眼光，我的专业届时就能用得上。"

几个面试官听了相视而笑，大家都满意地点点头。他们叫李进到外面坐，等候通知。半小时后，面试官告诉他："你被录用了，如果可以的话，你明天就上班，月薪4500元另加提成，买五险一金。上午9点钟上班，试用期一个月，转正后月薪5000元。每年加薪。"

该公司在厦江市的总部有100多人，在上海、北京有分公司。董事长的名字叫方达华，年纪约45岁，长得矮矮胖胖、慈眉善目的。

他交代办公室主任潘小姐为李进办具体手续，潘小姐说好，然后顺手拿了方达华的杯子，将他的一杯水一口气喝了下去，又从方达华的口袋里掏了一张手帕，抹抹自己的嘴巴，将手帕又放回他的口袋里。这一情景，让李进觉得他们之间关系不寻常。

潘小姐才 20 多岁，说起话来总是趾高气扬。她的五官清秀，一双不大的眼睛，那对乌黑的眼珠子像算盘珠儿似的滴溜溜地转，显得八面玲珑，淡黄色的连衣裙勾勒出丰满的身材。

第二天，李进 8 点 50 分就到了公司。最近政府增开了一路公交汽车，人没那么拥挤了。李进已习惯 6 点起床，吃上冯姨煮的早餐，从永和村坐车两小时就到了公司。

当他走进大厅时，潘小姐也到了，他俩笑吟吟地打招呼。潘小姐温和而又热情地问："你吃早点了吗？"

李进回答："吃过了。"

"哦，这么早，我还为你准备了早点呢。"她领着他走进会议室，指着桌上一杯豆浆、一个鸡蛋、两根油条。李进含笑地说："谢谢你，给其他人吃吧。"

潘小姐说："好，我现在就带你到工作岗位上去。"她领着李进走到他的办公室，又继续说，"这是你的工作台和电脑，电脑里面有公司的全面介绍和规章制度，我还专门为你选了一个朝南带窗的位置，通风、光线好。中午公司有饭堂，三菜一汤，米饭随便吃，每份才三元。饭堂的菜口感鲜美，色香味俱全，好吃得很啊。我们这里的厨师都赶上大饭店的厨师了。一早一晚吃饭就自己解决。"潘小姐那双眼睛活灵活现，说话是神形兼备，连身体都生动地扭动着。李进听完介绍，感激地向她点了点头，然后进入工作状态。

李进每天来得最早，下班走得最晚，经常是多干两小时。因为要熟悉工作，他很投入，才来了20天就销售了200多万元的产品，主要是电脑和进口的彩色复印机。方达华很高兴，在全公司大会上表扬了李进。

9月底的一天，听天气预报说有暴雨，李进就准时下班了。当李进刚刚坐上公共汽车的时候，天空突然刮起了狂风，落下了这几年少见的暴雨，足足下了半小时。汽车在狂风暴雨中缓缓行驶。汽车开出两个站的时候，暴风雨虽然停了，但公路两边倒下了两棵大树，车暂时不能通过，大家只好下车，徒步前行。

回永和村还要走18个站才行。这时，李进突然想起了妹妹，她也是坐这路车的。他赶紧打电话给她。

妹妹焦急地回答："车也坐不上了，我正在你后面的路上走着。"

他告诉妹妹："我现在在苗岭站等你，大家一起走回家吧。"李进走到马路旁，坐在一个大石头上等候。他在想，走18个站，20多公里，至少要四个多小时。此时是傍晚6点10

分，能晚上 10 点 30 分到家就不错了。

一会儿妹妹到了，兄妹俩一起步行。

李进抬头看了看天空，空中还有一团厚厚的乌云。他希望回家的路上不要再下暴雨了。他俩都没带雨具。

李进发现妹妹跟他一样走得挺快的。他不由得打量了一下妹妹，她仍留着披肩的长发，穿着一身在地摊上买的衣服，朴素干净。她不穿高跟鞋了，而是穿着一双有跟的普通平头皮鞋，背着一个普通的皮革挎包。从头到脚跟父母在时完全不同。他心里又是佩服又是酸酸的，不由得拉着妹妹的手，搂了搂妹妹，放开后，又拍了拍妹妹的肩膀，两兄妹继续大踏步地往前走。

走了半小时，李婷说："哥，坐会儿吧，我累了。"

李进点点头，他想拦一辆车带他们回去，这样可以省很多时间，因为明天还要工作。他拦了一辆面包车，但每人要付 500 元，兄妹俩觉得太贵了，只好作罢。李进愤懑地说："平常打的士回去，最多不过 100 元，真是发不义之财啊。"

这时，李婷收到平安的电话，平安说她在半小时前听到公共汽车暂停的消息，现在正开着村里的拖拉机来接他们，问他们走到哪里了。李婷说走到牛山站了，平安说一会儿见。半小时后，他们终于坐上了平安的拖拉机。李进好奇地问："你还会开拖拉机？"平安微笑地说："在农村，我们这个年纪什么都会干。农村的自动化程度低，活儿多，只能自己动手。"刚说完，一场倾盆大雨下起来了。平安拿出三件雨衣，大家都穿上了，8点多就回到永和村了。冯姨做好了饭，和舅舅正在等他们。他们仨已经饥肠辘辘了。

吃过晚饭，李婷洗好碗筷，李进冲了一壶滚烫的麦香茶，给每个人都倒上了一杯。当地的人饭后都喜欢喝这种茶。此时，秋夜寒风侵入肌肤，使人感到阵阵寒意。大家不由得围着饭桌，手里捧着热茶，谈论今天下的这场暴雨。

不爱说话的舅舅忍不住说话了："才半小时的工夫，山上果园的'先果'全被打掉了，明年水果要全部歉收了，水果本是我们的主要收入来源。山下准备收成的玉米和高粱也被打掉了许多。这两天要对打掉的玉米和高粱进行挑选，还要尽快抢收没打掉的玉米和高粱。"舅舅声音沉重。他眉头微皱，像是在凝视着今天傍晚的狂风暴雨。冯姨也微皱着眉头，脸上笼罩着一片阴云。

李婷为舅舅和冯姨的杯子又添了一些热茶。舅舅喝了几口继续说："灾情每几年来一次，我们都习惯了。你们回来之前，村委会通知我，县农科站这段时间帮助永和村对全部果树进行精心的管理和养护，用科学的方法恢复'先果'的生长和发育。"

这时平安的手机收到村委会统一的短信，看了短信，她脸上露出了笑容，马上向大家读短信："政府已经布置了重建果园的具体措施，请大家放心，确保明年恢复收成。明天请每户派两名人员参加救援，让我们同心同德，共渡难关。"

舅舅和冯姨听了，不约而同地舒展了眉头，嘴咧得如同绽放的荷花，脸上现出欣慰的笑容。平安接着说："舅舅，明天我和你一起去吧？"舅舅马上点了点头。

冯姨说："夜深了，大家都休息吧，明天还各有各的事。"

第二天，李进像往常那样回到公司。在销售中，他发现电商收款部门和售后服务部门相互不协调。他回到家里，连夜向平安请教。平安帮助他修改了一些软件，大大提高了效率。李进还将市场进行了分类，做不同的推广。在公司，他很少与其他人交谈，仅仅与几个合作伙伴沟通。超出了他的工作范围，他就找潘小姐。潘小姐协调得纤悉无遗，令人满意。

很快一个月了，李进拿了工资和奖金，一共是 6000 元。公司也同意他转正了。那天下班他走出办公室，没有马上回家，而是走到一家咖啡厅，要了一杯无糖的拿铁咖啡。6000元对过去的他来说是唾手可得，但今天是自己每天起早贪黑辛勤劳动而得，他感到自己有生存能力了，心里很激动。

他喝了一口咖啡，手里的杯子也在微微地抖动。过去，他喜欢打高尔夫球或者羽毛球，喜欢喝可口可乐、咖啡或者矿泉水，很少喝白开水。

自从和相爱六年的慧云分手之后，他就发誓不喝可口可乐了。尽管他们分手才半年多，但偶尔闲下来，他仍在想她。

她温柔，婀娜妩媚，尤其是她笑起来很好看，脸上自然露出的笑靥像熟透的蜜枣一样甜。她还喜欢买各种各样的洋娃娃，他们也有过许多的甜蜜。她是他的初恋。

慧云的离去让他感到人与人之间太现实了。

高尔夫球目前也不打了，羽毛球也不打了，主要是这两种球都是与父亲"开战"的。之前打球时，他与父亲的交流亲密无间，怕再打会睹物思人。他边品咖啡边回忆这半年自己走得跌跌撞撞的路，心里五味杂陈。

对了，这笔钱先交部分给平安作为伙食费和家用，再给冯姨和舅舅两位老人家买一些补品。余下的钱除了上班的车费和伙食费，哪怕是一点点，他都想存起来。他希望有朝一日自己能出来创业。他要存第一桶金！现在必须每天踏实地工作。残疾人英子的话铮铮地在他耳边响着："人最可怕的是心里残废，最可怕的是死要面子。"他喝下了最后一口咖啡，将眼角的眼泪抹干，准备回永和村。

临走，他忍不住再次看了看这张 6000 元的工资卡，小心翼翼地放好，感到自己有目标了。他大踏步地赶到公共汽车站。

在乘坐返回永和村的车上，常常连站的位置都没有，更别说坐了。加上村民的大包小包还有农具，两小时的车程是疲劳的。清晨上班虽没有座位，但不会那样拥挤，稍好一些。好在永和村是总站。兄妹俩下班时已经疲惫不堪，他们学会了在公共汽车上拉着车上的扶手睡觉，不然一天的劳顿是很难撑下去的。他们晚上回到永和村，除了吃饭洗漱，有时候还要看一些资料。好在他们年轻，也习惯了。

李进在利盛工作才半年多的时间，就成绩斐然。他长得英俊帅气，却不苟言笑，眼睛里泛着摄人心魄的气息。

在公司除了工作必要的人员接触外，他很少与大家吃饭、一起玩耍。老板方达华很器重他，每次大的谈判都会带上他。方老板的谈判技巧让李进长了不少见识，李进谈的技术问题也很到位，他们合作愉快，每次成果满满。

李进跟方老板去了一趟上海和北京后，觉得要学习的东西很多，自己来回上班花费四个多小时太浪费时间了，所以他决定在公司附近租一间小公寓。虽然要 1000 多元，但每天省下的四个多小时可以更好地工作，更重要的是可以读书。2012 年初，他报考了网上的研究生班，仍是精细自动化设计专业。该班三年时间可以毕业，都是网上授课，学习时间也是机动的。他一般在周六周日听课，此外每晚抽两小时学习，再加班一个多小时。这样，休息时间比以前还多了些。他现在的收入达到 9000 元了，有条件租房子了。公司有部分人来了几年了，工资才拿到 5000 元。

他们嫉妒他的才华，李进丝毫觉察不到。

潘小姐对李进很是殷勤。李进投入工作，常常忘了按时吃午饭。中午潘小姐为他打饭，晚上加班为他买外卖，还等他一起走。天冷了，她为他织了一条围巾。工作繁忙时喝上一杯潘小姐送上的咖啡，他对此十分感激。但潘小姐对他的过分热情，却让李进不舒服。对潘小姐他想避开，然而工作上他又不得不与其合作。

李进来公司一年多了，对销售业务驾轻就熟，已经升为销售部经理。2012年11月，方老板叫李进做一份2013年拓展公司市场销售的计划书，要求比原来增加有潜质的10个城市。为了获取真实的市场情况，李进申请到这10个城市走一趟。他带上销售部的骨干张军一同前往。张军是个复员军人，为人忠厚老实，到公司也才一年多，业务刚刚上手。

潘小姐担心李进工作太辛苦，主动提出与他们一同前往。她也想到这些城市逛一逛，方老板当然应允。经过近一个月的调查，他们三人了解了当地的市场情况，都认为除了对北、上、广、深要加大销售量外，这10个新增加的中小城市对办公用品也有较强的需求。他们与当地的工作人员都做了面对面的洽谈，了解了他们的具体要求。

回到公司后，李进做了一份开拓市场的计划书。此文依据充分、措施到位，同时也强调了公司需要增加供货的能力和收款的能力，需要增加相关人员。董事会很快通过了此计划。方老板要求各个部门加快配合，从2013年起正式实施。

此工作2013年上半年很顺利地按计划启动，销售额同比增加了30%，业绩喜人。然而到了7月，有四个中小城市，发货五个多月了，均收不到货款。李进与张军马上前往这四个城市的公司，才发现公司在收到货后就搬走了，去向不明。这些货款共达100多万元。

对此方老板和董事会很恼火，他们召开了董事会和公司的部门经理会。李进、张军、潘小姐也参加了会议。大家一致认为李进工作不到位，要对李进和张军进行经济处罚。

此时，潘小姐站出来，为李进他们辩护，她神情激昂地说："我们三人的确是按照程序到了这四个公司，察看了实地和营业执照、税务登记证并前往当地的工商局、公安部门查询了它们过往的信誉都是良好的。我们的工作已经做到位了，凭什么要处罚李进和张军？"

潘小姐在会上据理力争，但董事会仍坚持：李进是销售的主要负责人，理应处罚。张军也负有一定责任。潘小姐不是销售部成员，是协助工作的，所以不应受任何处理。

很明显，大家怕得罪潘小姐，得罪了潘小姐就等于得罪了方老板。潘小姐激动地站起来，慷慨激昂地说："我们三人是一起做这个工作的，要处分，我也应该算一个。"说完火辣辣的眼神看着李进。她这么一说，大家都陷入沉默了。

此时，李进感激地看了潘小姐一眼后冷静地说："我们的确按公司的要求做了前期的考察工作，但按程序工作不等于有良好的结果。我的确有失职责，我愿意接受公司的处理。"然后，李进停顿了一下，提出了一个建议。他边思索边说：

"公司的制度也应该修改，一是对新客户，不能先发货后付款。二是对数额大的合同，应收到全部货款再发货。三是小合同或老客户，都应先收50%的货款作为定金再发货。还有，就是我们的产品要不断地提高质量。"

李进这么一说，会上激烈的气氛倒显得平静了。方老板对李进的改进意见很欣赏。他对李进点了点头。但李进再认错，再提出良好建议，事实上还是损失了100多万元哪！方老板仍感到捶胸顿足。

他一向以慈眉善目的形象在大伙面前出现，这会儿，变得怒目圆睁。他愤怒并果断地说："第一，取消李进和张军2013年所有的提成奖，李进和张军的工资今年仅发放50%。第二，潘小姐也负有一定责任，扣除2013年年终奖金。"听到这个决定，潘小姐狠狠地瞪了方老板一眼，眉头紧锁，眼神中充满了怒气。

方老板继续说："第三，收款方案按李进提出的新办法执行。第四，新开的、收不到货款的点，潘小姐、李进、张军三人马上向当地公安局、工商局及有关部门报案。必要时，再到当地催款。"方老板说完，用那双怒目圆睁的眼睛巡视了一下大家。看见大家没意见，他的眼睛仍是严厉地瞪着，接着说："如果款项追回来，可以取消惩罚，还给他们应有的全额工资和奖金等。"董事会听后都说没有意见。方老板果断地说："散会。"

散会后，潘小姐满脸通红，绷着面孔，扭着身子快速地离开了会场。方老板这时的表情缓和下来，他默默地盯着潘小姐的背影。

第二天上午，潘小姐找了李进和张军，三人交流了意见。潘小姐主动说："我没有销售任务，我带上办公室的林小姐马上到这四个城市报案、追款。"

李进、张军点点头说："我们这里抓紧销售工作。"此时他们三个人感到大家之间的友谊一下子加深了。

潘小姐内心十分憋屈，感到丢脸了。她在公司做事从来都是顺风顺水，从无差错。这回掉链子，怎么样也得找回面子。

潘小姐还真能干，她带着林小姐到了这四个城市的工商局、公安局，甚至到政府的信访办投诉……

不到两个月，100多万元的货款终于一分不少地追回来了。此时快到2013年中秋节了，李进和张军所在的销售部，由于改进了收款方法，成绩更加喜人。销售额同比上升了40%。三个人都欢天喜地的，他们和林小姐四人还专门吃了一餐饭。李进和张军特别向潘小姐、林小姐敬了好几杯酒。

方老板也没有食言，还给了他们应有的工资和奖金等。

潘小姐的丰功伟绩着实让全公司的人对她刮目相看，从此潘小姐在公司说话更是趾高气扬了，颇有指点江山的劲头。对此，李进也暗暗佩服潘小姐脑子灵活，还有穷追猛打的本事。他们之间的工作交往更是默契，配合得相得益彰。

2013年中秋节下午，公司组织娱乐和抽奖活动及会餐，李进趁此时回永和村看妹妹、平安和冯姨、舅舅。他向方老板请了假，老板应允了。

第二天下班后，潘小姐仍然在等他。她早就喜欢李进了，知道李进一个人住。那天晚上潘小姐打扮得花枝招展，等李进忙完了，她满脸笑容地说："今晚我请你吃饭吧。我经常帮你冲咖啡、打饭，追回了货款。这点面子应该给我吧？"李进听了无法拒绝，只好答应。

菜上齐了，潘小姐为李进剥了几只虾，又夹了几块白切鸡。潘小姐几杯红酒下肚后，单刀直入地说："我知道你没有女朋友，我早就喜欢你了，我做你的女朋友吧！我今年24岁，比你大一岁，你不介意吧？你工作忙，生活上我可以照顾你。"潘小姐脸红得像抹了胭脂，语气虽温和，但说话直爽，颇有柔、美、媚的一面。

李进一愣，感到很突然。他瞬间自然地回答："我没有任何的物质基础，刚读上研究生，学习任务很重。成家立业起码是五年之后的事。你是个能干的姑娘，别耽误你了。"

潘小姐含情脉脉地瞟了他一眼说："这不矛盾啊，你读书，我干家务。"

李进不得不跟她讲实话："我父母两年多之前突然去世，我至今还没走出这个阴影。他们生前要求我读研究生，所以我必须完成他们的遗愿，这几年根本没心思谈恋爱。请你以后不要对我提个人感情的问题了。也谢谢你平时对我的关心。"潘小姐听后，顿然无语。

真是无巧不成书，过了几天，何慧云来找李进。她穿了一条粉红色的连衣裙，身材模样比以前更漂亮了，犹如仙女下凡，身上的香水味更浓了。在公司的会议室，她一把抱住了李进，将头久久地贴在他胸前，满含热泪地说："我去墓地祭拜过叔叔阿姨了，你上哪儿去了？怎么不回电话？"说着，又是紧紧地抱住李进。

这时，潘小姐送来两杯咖啡给他们，意味深长地看了李进一眼，然后悄悄地退下了。他们相会的情景让潘小姐看得一清二楚。

李进心里五味杂陈，他知道慧云是个很单纯且善良的女孩，但父母很势利。她是个乖乖女，她的婚姻由父母说了算，李进不恨她。他凝视了她一会儿，然后轻轻地推开了她。李进不想让自己的精力再回到她身上，因为他有更多的事情要做，同时也是为她好。

过了一会儿，慧云擦干脸上的眼泪说："听说你工作得不错，我是听父亲的同事告诉我的，我才找到这里。这两年我都在想你，但父母已经为我物色了家境很富裕的博大集团董事长的儿子陈东可，他长得也挺帅，好像挺老实，也是厦江大学毕业。但我不怎么喜欢他。双方父母都要求我们明年春节结婚，可我心里一直有你，怎么办呀？"慧云又是一阵哭哭啼啼。

这时，李进心里由五味杂陈到喝清淡的菊花水那样平静了。

他说："你要听父母的话，他们是为你好。你是个女孩子，明年24岁了，也到结婚的年龄了。我们那一段已经过去了，大家都要放下。你要一心一意地跟陈东可过。现在我正在上班，你可以走了吧。"

慧云是个懂事的姑娘，知道不能在单位待得太久。李进送她出了公司大门，两人挥挥手分别了。

慧云探望李进这一幕让潘小姐又惊又恨。惊的是他有这么漂亮的女朋友，恨的是他前几天所说的话是欺骗自己。"不行！我眼里揉不得沙子。你有这么漂亮的女朋友陪伴，我却天天对着你痴情。眼不见心不烦，你必须离开公司。"

可是，以什么理由让他走呢？潘小姐眉头一皱，想了一个办法。她先是到部分嫉妒李进的那几个男孩子那里问李进工作如何。其中两个人讲，李进的销售方法做了软件的处理，虽然提高了效率，但同时也失去了一大批客户。他们打印了这批客户的名单，并将这两年这些老客户未发生的营业额统计出来，竟有500多万元。

拿到资料后，潘小姐得意扬扬，叫那两个人将这些情况反映给董事会，她还煽动另外两个员工写信告发李进，说李进下班后在公司不是加班，而是利用公司网络听研究生课，滥用了公司电费，长达一年多时间。很快，这些检举信从网上发到了董事会。董事会共有七名成员，早有两人嫉妒李进了，也在检举信上加注了要严加处理的意见。

两天后的一个下午，李进午饭后不久，突然肚子疼，又头昏，与他合作的两位伙伴送他回公寓休息。第二天上午，李进仍然头疼，没有上班。突然，方老板接到潘小姐的电话，电话里听到潘小姐啜泣地说："我现在在李进的公寓，在他的床上。昨晚煮了稀饭到公寓看他，谁想他一把搂住我，强迫我与她发生性关系。我不从，他就把我打昏了。等我醒来，发现李进睡得死沉沉，我身上一丝不挂。"她要求老板派两个公司的女同事马上来现场，并将地址发给了方老板。

两位女同事到了现场，确实看到了这一幕。潘小姐马上穿上了睡衣。

方老板喜欢李进的工作作风，也明白失去500多万的营业额是大浪淘沙的做法，是为了选择优质客户。公司的利益不但未损，销售额反而稳定增加。至于在办公室听课，这也不是天大的事。但潘小姐年方24，长得标致，比自己的老婆年轻20多岁。老婆与自己同岁，都46岁了，胖乎乎的，做饭还行，到现在还生不了孩子。与潘小姐共事三年多，方老板早有意思，潘小姐心知肚明，也无心拒绝，两人关系亲密。至于潘小姐后来迷上了李进，又被他拒绝，方老板是一点都不知道。

公司的两名董事又说必须对李进做除名处理。本公司准备一年后上市，出现了李进这样的丑事，会影响公司的形象。方老板主意难定，因为他不相信李进是那样的人。这时，董事会那两名成员帮腔潘小姐："潘小姐来公司快四年了，李进才两年。况且现场的情景不是强奸妇女就是侮辱妇女，影响很不好。"方老板这才下定决心开除李进。

李进醒后，发现公司两名女职员在公寓里，潘小姐穿着睡衣在自己的床上，很是吃惊。他回想起昨天中午吃了潘小姐送来的饭菜，才吃了一半就肚子疼，晚上又喝了潘小姐的粥，乃至昏睡到今天早上。他明白了，没说一句话，直奔公司写了事情的前前后后递交给方老板，要求将昨天潘小姐送来的饭菜和粥送到质检部门化验。但这些饭菜和粥早被潘小姐处理了。李进一再讲明自己是清白的。

方老板此时倒是觉得事情清楚了，原来潘小姐喜欢上李进了。他心里很不是滋味。李进年轻英俊，不仅潘小姐芳心荡漾，其他姑娘也会春情萌动。开除李进，公司太平。

权衡一下潘小姐和李进，当然是保潘小姐，因为她聪明能干，又是自己未来的老婆。但开除李进他又有些于心不忍。方老板对李进说："我不开除你，毕竟没有确实的证据。但你的行为的确造成了不良影响，你自己主动辞职吧。"就这样，李进离开了利盛公司，并退掉了公寓。他又回到了永和村。

李进突然回来了，而且心情不好，不讲话，家里人都明白了，一定是遇到了不顺心的事。第二天，天刚蒙蒙亮，他和平安就到山上的果园除草、培土、浇水。

看到漫山遍野垂垂欲坠的果实和山下快要熟透的玉米、高粱……他满脑子尽是"田园吐艳瓜果脆，稻谷弯腰玉粒稠"的美好景象。

初升的阳光照耀着果园，它仿佛被淡淡的金黄色覆盖，美丽而静谧，让人感到这里的祥和，好似置身于世外桃源。

和平安在一起，他感到轻松和自然。

干了两个多小时，两人坐进了果园的棚子里。平安给李进递了一碗水，两个包子。自己也坐下，拿起包子吃着，温和地问："发生什么事了，可以告诉我吗？"

李进把潘小姐陷害自己的事告诉了平安。平安听了，惊讶地睁大她那双本来就很大的美丽的眼睛说："还有这样颠倒黑白、不择手段的事！"平安一阵沉思后说，"该发生的事总会发生的，早发生早做打算。"

李进点了点头说："我计划国庆节后找工作，边工作边读研究生。我读的专业是精细自动化设计，将来涉及面很广。"

平安听了也不断地点头说好，并说："你以后不要向家里交这么多钱了。我做电商，现在销售额不断增长，收入不断增加，家里的钱够用了。你集中精力工作、读书吧。我在网上读的电商专业已经毕业了。我计划将村里和附近村的农副产品整合一下，建立一个农副产品交易平台，如果顺利可以稳定赚钱的话，将来到厦江市成立一个电子商务公司。家里的果园和田地就交给别人打理。冯姨和舅舅管理好家里的菜地和猪、羊、鸡等，他们的年纪也大了。"

李进说："你的计划挺好，工作也顺利。我这两年是多灾多难，不断出事。"

平安笑了，她闪动着那双明亮的大眼睛，认真诙谐地一字一句说："完整的人生应该是五味杂陈，且不排除遍体鳞伤。只有尝尽五味，才算拥有完整的人生。"

李进奇怪地问："你从哪儿看到的这些心灵鸡汤？"

平安说："我听电商课，认识了一位心理学老师，他也在学电商，准备在网上做心理辅导，我们经常交流。"

李进感到平安有一股向上的力量，朴素而平凡，温柔而坚定。她不像个农村女孩，4岁就被拐卖的她，一定出生在一个不平常的家庭。

这时太阳完全升起来了，如万道光芒洒落在大地上。

平安有些热了，她脱下马甲。李进见她身上穿着一件天蓝色的长袖衣，腰上绑着一个黑色的腰带，腰带中间有一个红色的小包。印象中，李进从未见她把这个腰带和小红包脱下，一直包不离身。

李进好奇地问她："这是什么，为什么从不离身？"

平安看着小红包说："这是我刚到永和村照的照片。因为要报案给公安局，警方要求照的。舅妈多留了一张，过了塑，放进小红包里，她说这张照片也许可以帮我找到父母。临终前她叫我一定要保管好。"平安说完泪流满面。

李进听了，眼圈红红地问："可以给我看看吗？"

平安拿给了他，他仔细看这张照片，平安那时的模样跟现在没有大的区别，只是那双大大的眼睛充满了忧愁，头上也没有什么头发。李进小心翼翼地把照片还给了她。平安仍珍惜地将它收藏好。

李进鼓励她说："再努力寻找吧，我们去一趟市公安局，听说最近成立了专门的办公室处理这类历史问题，即使有千分之一的希望，我们也要争取。"平安听了，默默地点了点头。

第五章　一匹桀骜不驯的黑马

国庆节到了，这既是全国人民欢庆的日子，又是秋高气爽让人舒畅的日子。永和村果园的苹果又大又红，远远望去，就像片片玉树林挂满了红彤彤的宝石，真惹人喜爱。还有那些水蜜桃、雪梨、葡萄，秋天的果实千姿百态，秋天的香气随风飘荡，让人陶醉，让人回味。

李进又接到三个节后面试的通知。

第一个是中英合资企业，研发销售各种仿真机器人。这个专业很适合李进。产品80%出口到英国。公司给的待遇也很好。每两年还可以到各个先进国家培训。上班地点在厦江新城。一阵欢喜后，回想家族曾经发生的事情，李进顿时感到郁闷和愤怒。

因为他听父亲说，那是在清朝末期，李进的太奶奶因家庭贫穷，为了养活孩子，不得不用自己的奶水喂英国人的狗。

英国人对此还拍了照，发表在他们的报刊上，标题是《中国人不如狗》。这个耻辱，李家一直铭记在心中。那个时候的中国灾难重重，人民惨遭蹂躏，饱受外国人欺凌。太爷爷参加了义和团，儿子参加了辛亥革命，孙子参加了长征，曾孙参加了抗美援朝……李家是一个有传统有血性的爱国家族，他们深知中国人站起来十分不容易，为中华民族独立而感到骄傲！想到这里，李进决定不去英资企业面试。

第二个是中法合资企业，研发生产销售电视机的。第三个是研发生产销售手机的企业。李进看到手机就想到之前面试过的那家，但仔细看企业的名字不同，地址也不一样。他打算都试试看。

国庆节那晚，全家人在院子里吃饭。大家难得团聚在一起。舅舅做了拿手的陈皮鸭，冯姨做了水煮鱼、红烧鸡，平安做了糖醋排骨、白灼虾，李婷做了红烧带鱼，还炒了两个青菜。丰盛的菜肴摆满了一个大圆桌。冯姨还拿了一罐自酿的米酒。李进在院子里安上一盏100瓦的灯泡，并挂了几个红灯笼。大家好不欢喜。

月亮悄悄地上来了，就像一轮银盘镶嵌在深蓝色的夜空里；星星顽皮地眨着眼睛，好像无数颗珍珠挂在那一望无垠的夜空中。

大家先是向冯姨和舅舅敬了两杯酒，然后年轻人就随意了。平安刚喝了一杯酒就说："这酒度数虽不高，但也不要贪杯哦。"李进兄妹俩好久没有这么开心了，喝了好几杯酒之后，看到天上的月亮和星星，想起了父母，还是忍不住流下了眼泪。冯姨也忍不住老泪纵横。

过去父母在国庆节也会在院子里摆上一桌，和儿女及阿姨们一起赏月看星星。尽管失去父母两年多了，兄妹俩也逐步地走出伤痛了，但仍有触景生情的时候。它不像电闸那样合起来就疼痛，拉下来疼痛就消失。

当年，爸爸最喜欢左手搂着李婷，右手搂着李进，一起数天上的星星，然后边玩边教育孩子们要努力读书，自强不息，要学会应对困境，顽强成长，像天上的星星那样，璀璨不息。妈妈总是给这个夹菜那个夹肉。然后父母总会送给大家礼物，还让他们猜谜。过往的温暖和幸福，永远在他们心底荡漾。

平安看见两兄妹颇为伤心的样子，说："今晚难得团聚，我们难过也是一晚，不难过也是一晚，大家开开心心的吧，不要辜负这美好的时光。现在我用永和村方言说几句话，你们听懂了，罚我两杯酒，听不懂，除了老人家，大家受罚两杯酒。"大家都说好。

然后平安高声念："酒香流唇间，人生五味足。释放昨天的伤心和烦恼，相信明天的天空更蔚蓝，畅享美好的人生。"李进和李婷猜了半天都没猜对，还是平安含笑用普通话一字一句地重念了一次。兄妹俩这才听明白了，马上哈哈大笑。

原来他们刚才把其中两句话意思给猜反了，还把另一句话意思给猜偏了。兄妹俩只好自罚两杯酒。

两个老人家说，快吃菜吧，别光喝酒不吃菜。于是，一会儿那个说这个菜好吃，一会儿这个又说那个菜好吃，评头论足。兄妹俩的不快情绪一扫而去，大家吃得尽兴。这样，欢乐的气氛真正起来了。

李进边吃着最爱的白切鸡边想，平安说的这几句话虽不是诗，但哲理深着呢。他惊奇的是平安还善于娱人悦己。这个女孩子身上还有多少意想不到的奇迹？

国庆节后的第三天。一大早，李进就到了中法合资企业面试。一进大堂，他发现环境整洁干净，员工全部穿着工作服。

面试官问他为什么愿意来公司工作。他回答："我是学精细自动化设计的，贵公司有研发部门。目前电视机在中国已经很成熟，但是要做得更科学、成本更低、占领更大的市场，还需要进一步研发。"三位面试官都认同地点了点头。

这时，一位面试官接到一个电话，听完脸色陡变。他马上问李进："听说你在过去的单位有作风问题，请你解释。"

李进听了，愤怒地说："这是没有的事，纯属污蔑。"

面试官交流了之后说："我们是合资企业，准备投入新产品需要融资。如果公司研发部门有这样的不良信息，会影响我们发展的。所以，李先生，如果你想来，请原来的那家公司写一封推荐信，证明你没有这样的行为，好吗？"

李进愣住了，他没想到潘小姐的手会伸得那么长。他认为自己是光明磊落的，既然没做那种事，又写什么呢？况且方老板极听潘小姐的，他们不可能写的。

他喝了一口水后，严肃地告诉面试官："我再说一遍，我没有犯不良作风，如果你们不相信，我只好告辞。"说完站起来就走了。

出了门口，他心里愤懑难平。他不想再去面试了，侮辱人格犹如一把刀插在心里。他走进咖啡厅，品了几口咖啡，突然想起平安说过，完整的人生不排除遍体鳞伤。

他心里逐渐平静下来了，自己是清白的，时间是宝贵的。他就不信每家企业都像刚才那家企业那样主观。他很快地调整了自己的情绪，将咖啡喝完，一看时间才 10 点 30 分，就奔向设计和销售手机的企业面试。那家企业叫海涛公司。

海涛公司坐落于厦江市新开发的写字楼区。新区域有几十栋新建的高层写字楼，其建筑瑰丽壮观、美轮美奂、气派非凡，都是现代化的风格。人们称之为厦江新城。没有一定实力的企业是进入不了这个新区的。

他走进这家企业，看见大堂正面写着"言必诚信，行必忠正"。他知道这出自《孔子家语》。八个字的下面放了几排绿油油的万年青。走进这个大厅感受到了正气凛然。

这时一位姑娘走了出来，问了他的名字，礼貌地朝他点了点头，引他走向面试室。

他走进了面试室坐下来，一会儿进来了三位面试官。他仔细一看，愣住了。其中一位坐在中间，这不是两年前那位快餐店的老板吗？他将饭倒在桌子上叫他吃，让他终生难忘。尽管他器宇不凡、风度翩翩，在他手下工作，还不天天遍体鳞伤，天天喝苦水啊。

当李进刚想站起来告辞的时候，这位器宇不凡的老板主动走过来，亲切地跟李进握手，并给李进倒了杯咖啡，然后他爽朗地说："我叫林海涛，是这个公司的董事长兼总经理。讨厌我吧？两年前在快餐店的事，我在此向你道歉。"然后又笑着说，"其实你当时很饿，但桀骜不驯，竟拿着一块劳力士手表抵押我一份快餐，将我看成什么人了？为了打打你的傲气，我才这样做的。"

林总继续说："面子是这个世界上最难放下又最没有用的东西。你饿成那样，吃饭最重要，面子已经不重要了。况且，那张桌子我是用酒精给你抹得干干净净的，你还是被气走了。我对你这个人印象很深。我这个小餐馆南来北往，尤其是附近写字楼的人都喜欢去那里吃饭。你在利盛工作了两年，干得非常漂亮。我们公司目前缺少你这样的人才。我欣赏你是做事的人，人品纯洁。老方和潘小姐的事是人人皆知的。你是潘小姐眼中的理想目标，爱不成则恨。你离开利盛是被冤枉所致。事情都过去了，放下吧。"

林总又继续说："介绍一下我们公司。原来叫利伟公司，现在改为海涛公司了。公司今年迁到这里办公了。现在在厦江有200多人，在广州、上海、北京都有分公司。研发部门主要设在这里。我除了以此为主营业务，还开了十多家餐馆，是希望能结识更多的朋友。你如果愿意来，主要负责公司研发部门。试用期一个月，工资8000元，还有五险一金。转正后工资每月1万元。如果每年研发的产品销售火爆，另有提成奖和每年加薪。"

李进听了，心里挺佩服这位老板的。他说："我愿意来。但我正在读线上研究生，2015年毕业，都是在双休日和晚上上课，我保证不影响工作。如果公司需要，我可以临时放下学习，以完成工作为重。"

林总听了，高兴地说："我们研发部就需要你这样与时俱进、爱学习的人。"然后他叫了办公室范主任，是一位40多岁看上去就很老实能干的男同志。他告诉李进："以后有什么事情就找范主任吧。"

李进又租了距离公司走路10分钟路程的公寓。公寓楼下有许多干净整洁的饮食店。傍晚他在饮食店吃了一大碗面和两个包子。为了消消食，他顺着新修的马路往前散步，发现周围有许多高档的大酒店、金融行业、歌剧院、高档商店。店里的物品琳琅满目，色彩斑斓。楼宇之间，铺满了绿油油的草和姹紫嫣红的花朵。再往前走，是一个壮观的广场，旁边是一片小树林，紧连着是一个碧波浩渺的人工湖，湖水好像一面巨大的镜子，映着晚空和星月，湖面上微风徐徐。

李进不由得走过去，停下来，在那里深深地吸了几口气。这样的美景，真让人赏心悦目！他知道自己现在是没有时间观赏的。这几年读书和工作是头等大事，能够保证充足的睡眠就不错了。他看看时间，已经是晚上 8 点了，得赶回公寓听课。

李婷也在读网上研究生，国际金融专业，还有一年就毕业。她每天的银行工作加上读书，也是忙得不可开交。她也租了一间公寓，离李进不远，所以有时约着一起吃饭。

李进很快就进入工作状态了。他了解了现在公司的手机品牌是走中端路线，价格实惠，在市场已经立足十多年了，但市场份额还需要进一步扩大。他做了一份计划书，建议手机软件上要重新布局，个别材料要更换为较好的质量，增加两项功能，外观上除增加美观外，还要手感更好，并增加防水功能。产品命名为 A1。研究成本约 30 万元，每台产品成本仅增加 5%，纯利润可增加 20%。预计市场份额可扩大20%，总完成时间约八个月，含投入市场。计划书写得有条有理，可行性明确。董事会和团队听了李进做的 PPT 介绍，都十分满意地通过了。

到了 2014 年 6 月，不到七个月的时间，新产品 A1 出来了，很受市场欢迎，销售额竟一下增加了 30%。林总很满意，奖励了李进 5 万元。

当李进拿着已经累计存了 8 万多元的银行卡时，欣喜若狂，在公司里走路也比以前快了。那双不大的眼睛像深邃的海洋，也显得光彩四溢，嘴角微微上扬了。见到公司每位同事他都点点头。尽管还是那头凌乱的碎发，衣着随便，但心灵上的愉快让他更有计划地往前走。他与同事们的关系也很和谐。

2014 年国内手机市场繁荣，品种日益增多，这无疑给研发部门带来了压力。董事会要求研发部门继续开发新产品，但 A1 产品继续销售。

李进与团队发现，年轻人、中老年人都喜欢简便的操作，A1 的操作显得复杂了。于是他们开发了新产品 A2，在功能又增加三项的情况下，改进得更为简便。A2 仅变更两个零部件，容量比 A1 增加了 30%，速度比 A1 快了 30%，外观上也做了相应的变化，增加了古典的元素。其研发费用 50 万元。每台产品成本比 A1 增加 10%，纯利润比 A1 增加 30%。董事会甚为满意。

2015 年春节，A2 手机投入市场后，销售量竟增加了45%，超过历史最高水平。林总很是高兴。

他对公司的骨干说："研发部这支团队，不仅为公司增加了经济收益，重要的是他们团结奋斗，与时俱进，抢占市场的意识、争分夺秒的精神值得学习，也鼓舞和带动了全公司其他部门的进步!"因此项目团队获得奖励 25 万元,李进分到 12 万元。他的工资也从 1 万元升至 1.6 万元。

2015 年 4 月,李进研究生毕业了,他现在晚上有些时间了。他想起同班同学江国庆。

国庆是班长,当年他们很要好。李进的父母也很喜欢他。国庆与他的家人都很熟,还常和李进、李婷外出爬山、旅游。毕业后国庆约过他好几次,因为太忙,李进都没有赴约。

听说国庆也读完了网上研究生,现在在一家外企工作,也在附近租了一间小公寓住。国庆与自己一般高,约一米八,五官端正,性格开朗,幽默有趣,为人热情。他的情商特别高,为集体活动做事从不计较。

国庆很喜欢运动,每天基本挤出时间做俯卧撑,增强自己的臂力,练出了厚厚的胸肌,节假日还坚持长跑,身材健壮,走起路来挺拔矫健。大学的同学们都说他像天安门广场升国旗的解放军,在学校里就像一道风景线。

现在,他仍然保持这样良好的习惯。他家在河南农村,两个姐姐已经出嫁,父母健在。

李进佩服国庆。一个农村的孩子喜欢读书,跟自己交往从不占便宜,就是用东西太节约了。电池用了很久以后,他会测测是否还有电,但凡有点电的,他还继续用到其他需要的地方。他外出买东西喜欢砍价,砍价不成绝不买,哪怕砍了几分钱也很高兴。袜子破个洞也不舍得扔,也不补,所以他穿的袜子基本露着脚指头。但对需要帮助的人，他出手倒是挺大方的。对那些山区的孩子，他每年给他们买书、买学习用品。

在一个星期六的晚上，他俩终于见面了。两人好不亲切，毕业一别四年，一见面就激动地拥抱了一会儿。

国庆问李进："事情过去四年多，心里都过去了吧？"

李进点点头，知道他问的是天上的父母，然后说："这个过程太痛苦了，现在有时候想起来还是心里如针扎。"

国庆流下泪水说："当年叔叔阿姨对我很好，没有看不起我这个农村的孩子。"一会儿，他擦干泪水说，"你们不容易啊。你一个有钱人家的孩子能很快地自力更生，取得今天这么大成绩，都可以写小说了。"

李进微微一笑，深深地叹了一口气说："是过去了，这几年我才理解我父母赚钱的目的。他们希望我和妹妹到国外读研究生，也希望我能读到博士，然后回到中国创业。他们想为我创业存上一笔资金，不想我像他们当初创业那么辛苦。"然后他又有感地说，"我宁愿父母是普通的打工者，不要追求那么多的物质，他们成天活在压力中，太操心了。我们的路由我们自己走。有他们一路的陪伴，比什么都重要！总之，一家人在一起，这种天伦之乐是无可替代的。他们走得太早了，才40多岁。"说着他眼眶都红了。

国庆马上说："都过去了，世界上没有宁愿。咱聊聊明天吧。"

两个老同学从学校生活聊到就业、聊到单位、聊到单位的复杂性、聊到找对象、聊到要考虑成家立业了。

国庆问:"李婷现在怎么样了?"

李进说:"李婷已经读完研究生了,现在在厦江市伟业发展银行信贷部任经理,她很能吃苦,也在附近租了一间公寓。"

李进还专门介绍了平安姑娘的情况,他还说:"平安从事电商,现在联合了厦江市附近的村庄,把农业产品都上了线。她还参加了各种博览会,将进一步扩大业务。她是一个朴素、温柔、勤奋的姑娘!"

听了李进的介绍,国庆坏坏地笑着说:"我怎么觉得你对平安姑娘赞誉有加,别有用心吧?"

李进不由得红了脸,碍口识羞地说:"我是介绍情况,平安在我和李婷最困难的时候帮助了我们,你想多了。"两个好朋友畅聊到晚上 11 时许。分别前,他们约好了,以后要多联系。

2015 年初夏的一天,李婷因为银行也需要提高电商水平,请平安到银行忙了近一上午。平安的短发留成了长发,现在披着乌黑的秀发,显得清新又飘逸。

她们途经李进的公司,到公司来了。公司的所有领导正好外出开会。

李婷到了哥哥的办公室，跟他的同事们打了招呼后，看见哥哥的杯子泡好了满满的菊花茶，温温的，拿起来就喝，喝完了这杯菊花茶，又添了一些水。李进给平安泡了一杯红茶。

李婷喝完茶，还坐在哥哥的办公椅上，打开抽屉，看看这，摸摸那。李婷长得白里透红，脸若银盘，气质高雅。平安虽黑一点，脸上略带些斑，但眼波盈盈，温婉贤淑。

两个姑娘虽穿着普通的连衣裙，没穿金戴银，没化妆，素面朝天，却亭亭玉立，秀丽端庄，像一道亮丽的风景线。她俩在办公室坐了一会儿，就走了。

李进在公司因优秀的业绩和帅气的外表，早就有女孩子喜欢上他了。但看到李婷这么漂亮，对李进如此随便，有人就猜她是李进的女朋友。李进在单位除了工作，从不讲家的事。他们不知道他俩是龙凤胎。这个公司由于林总极力提倡团结、协作、正气、拼搏，讲究企业文化，所以背后搞小动作的人很少。李进挺喜欢公司这种氛围的。

研发部的工作就是研发新产品。李进和团队研发了新产品A3，出了PPT给董事会看。该手机比A2速度快了一倍，内存扩充了80%，增加了十多项先进功能，还有自动保密功能，操作上很有特色，外观增加了现代化的新元素，但必须使用进口的芯片并增加两种新材料。这样，A3的功能走在高端水平前沿，甚至有些功能比国外的手机还要好。研发部认为，从市场的最新需求看，高端手机迟早会替代中端手机的。

现在人们用的高端手机大多数都是进口的。中国人有能力生产高端手机，为什么不生产呢？

A3 研究费用 120 万元，每部手机成本增加了 40%。研发部根据数据化统计，分析高端手机的销售额会递增 50%，获取的利润十分可观。董事会几种意见都有。因为有争议，研发部工作暂时搁下了。

李进不是随波逐流的人，这既是他的优点，又是他的缺点。他认为必须上 A3，否则成立研发部干什么？

林总考虑的是稳步发展，毕竟中端手机的市场在中国很大，在世界更大。

况且，上 A3 各种原材料的条件还不具备，进口的芯片涉及的问题目前很复杂，李进不知道其中的复杂性，所以林总一直不同意上。

既然 A3 不被同意上，研发部就研发 A2 系列产品，继续走中端路线。

A2 系列的新产品 A21 的样品也已经出来了，其产品功能、质量、利润、市场前景也十分被看好。董事会也很快地通过了，准备投产。

应该说 A21 是中端产品里性价比最高的手机。林总和董事会都十分满意。

李进虽然为研发此产品不辞辛劳、孜孜不倦，却不满于此，他仍喜欢做大、做强、做精、做高端产品。

这时候已经是 2016 年的春天了，此时的李进已经不是几年前的李进了。

他学的专业是精细自动化设计，涉及的领域很广很现代，可以做家电控制、工厂机器人、办公室机器人……李进心无旁骛，全部心思都放在研究发展科技新产品上，最终自己创业。如果以公司这样的理念发展，他觉得受到了约束，实现不了他的理想。

他想自己干，但才存了 60 万元，创业远远不够。这几年他省吃俭用，吃的是盒饭，穿的衣服是地摊货，花钱最多的就是买了一个高档手机和交研究生的学费。他以前很喜欢喝有品牌的咖啡，吃牛排，吃海鲜，旅游，打高尔夫球，看大片，然而，这些吃喝玩乐这几年都与他绝缘了。

他想与国庆合作，做的项目是远程遥控器，可以用一个遥控器控制家里所有的电器，距家里在两公里内开冰箱、空调、洗衣机，启动清洁器及煮开水等等。

如果向妹妹借 20 万元，就有了 80 万元。他估计这个项目研发费用 150 万元可以拿下。这可是一个高端产品啊！

他约了国庆，两人一拍即合——虽然研发费用高，但研发出来的产品市场销路广，用途广泛，而且方便安全。

这个产品成本低，但需要进口的芯片，预计售价 80 元一部，成本约 40 元。可以在网上销售，平安的电子商务平台可以合作，再除去销售成本 10 元，一台的纯利润是 30 元。一年销售 50 万台应该没有问题，利润就是 1500 万元。这个产品赚钱哪！两个人计算后，都兴奋得如美梦成真，手舞足蹈的。

从技术角度看，他们是有把握的。

国庆有 40 万元，家里可以支持 10 万元。这样加上李进的，一共就有 130 万元了。还有 20 万元的缺口怎么办？这消息传到平安那里，她主动送来了 10 万元。舅舅和冯姨将他们多年的储蓄也都各自拿了 5 万元出来，这样 150 万元就凑齐了。

他俩毅然决然地向公司提出了辞职。

2016 年 4 月底，林总收到了李进的辞职信，其惋惜之情溢于言表，诧异后马上叫他到办公室谈话。一开口，林总就问："你计划做什么？"

李进实话实说："准备做家用电器的一器多控。"他将自己的理想也告诉了林总。林总了解李进追求科研技术的理想，这使他在工作中一直出类拔萃，但他认为李进的思想面太窄了。

林总诚恳地说："现代化的高科技创业模式已经变革，不是仅凭个人的本事就能做出来的，拼的是新技术、新材料、新能源、先进设备、资金、人脉、人力、市场，需要一个各种条件都具备的团队。有别于 10 年前，现在搞科研产品，靠的是整体条件。”

李进听了这段话，震惊地看了看林总。

他低头思索着林总的话，这些话沉甸甸的。

但片刻之后，李进仍固执地说：“我先做头一部分，做好了再找厂家合作。”

林总沉默了一会儿说：“现代高科技产品研发的模式已经变革了，希望你摸清楚情况再走。”

李进桀骜不驯的脾气又来了，他说：“我试试吧，如果粉身碎骨，我认了。不试试我不甘心。所有的研究资料我都放在公司的研发部里了，需要我回来我马上到。”林总只好应允，在报告上签了字，与他握了握手，说了句：“祝你成功，年轻人！”

第六章　创业失败

　　2016 年 5 月，李进和国庆两人都离职了，他们退掉了原来各自租的公寓，合租了一套一房一厅的公寓。客厅做办公室，房间放两张床。一共 65 平方米，每月租金才 1500 元。

　　他俩上班的第一天清晨，不是在自己的公寓，而是一起走到厦江新城的人工大湖畔。静谧的湖畔，让人不由地沉浸在这份纯净与宁静中。

　　在湖边，他俩彼此相望，目光深深地交汇……内心都明白，开展精细自动化设计试验，它可以一鸣惊人，也可以一败涂地。

　　还是国庆说出了第一句话："我是一个农民的儿子，50 万元对我是一个天文数字。我赌的是年轻，我都不怕失败，难道你会害怕？你搞科研的能力比我还强。"李进看着信心满满的国庆，听着他那铿锵有力的语言，他仿佛又认识了一个新的国庆。

这时，太阳出来了，一道金光洒在湖面上，湖水金光粼粼，蓝天下，湖面宛如一幅天然的画卷，让人神清气爽。

然而，李进的神情并不是十分的舒畅，他仍在思考着林总的劝告。国庆理解地对李进说："兄弟，咱们做的是基础工作，走的是第一步，虽然原理接近仿真技术，但不是做整个机器人，不管如何，咱们这些年的工作实践和理论知识，总会有收获的。"

国庆又抬头望了望蓝天，坚定地说："我们现在已经开弓，没有回头箭了。我们的奋斗马上就要开始了！"

国庆的豪言壮语激励了李进的决心。李进睁大着那双不大而深沉的眼睛，坚定地说了一个字："干！"

接着李进说："我们按原计划先研制远程遥控器，也许，我们估计得不足，会碰到想不到的困难。也许我们会成功，反之，也会给我们重要的启示。现在，向着一个坚定的目标，努力干吧！"

从此，两个汉子每天除了吃饭睡觉，一周偶尔洗漱一次。所有的时间就是对着电脑，在那儿做设计、图纸、计算，还经常跑回厦江大学图书馆查阅资料……

这时，平安经过几年的努力，联合了厦江市周围的村庄，在网上销售当地的农副产品，生意红火稳定。为了进一步发展，她在厦江新城附近开了电子商务公司，家里的果园和农田承包给了别人。

她与李婷一起租了一间较大的公寓，其公寓与李进他俩的公寓近在咫尺。她和李婷虽然也很忙，但定会抽时间带着煮好的汤和水果等，去看望李进和国庆。这让两个汉子深感被牵挂的感觉真好！这种温暖触动他们心底最柔软的地方。他俩更加有力量投入研究，彼此间的关系也更亲密了。

他们经常通宵达旦，经过三个多月的努力拼搏，完成了图纸和可行性模拟试验数据。理论上是没有问题的，但必须到厂里生产。这个厂需要有专用精密设备。当初他们也考虑到这一点，预算了约50万元做样品的费用。他们在网上查到了有两家可以生产控制器的厂家，但开价都是60万元，可以出10个样品。李进只好又向妹妹借了10万元。

为了防止厂家盗版，他俩住在厂里，图纸和可行性模拟数据由他们亲自操作。经过20多天的奋斗，10个样品终于生产出来了。

他们马上试验，发现在30米内可以控制，超过30米根本控制不了。可他们的目标是控制两公里内的电器，怎么会相差这么远呢？望着这10个样品他们知道试验失败了。

他们一阵冷静后分析，一是厂家用了国产芯片，这个不算特别大的事。最大的事是其中连接各个控制点的连接器要用一种特殊的新材料，而这台连接器价值2000多万元。厂家没有这种连接器无法提供特殊的新材料。他们明白设计没有问题，失败的原因是没有一个强大的生产基地。

整个环节告诉他们，现代化高科技的创业必须走联合之路，必须设备先进、材料先进、有优秀的合作团队。

没有各种能力去实施等于白干，要干只能加入大集团公司。

失败的原因清楚了，他们不能原谅自己的是：明明知道需要有一个强大的生产基地和各项条件支撑，为什么还要去硬碰呢？都是被所谓的理想和金钱的诱惑冲昏了头脑，人只有摔得头破血流才清醒。

他们从 2016 年 5 月开始废寝忘食地干。四个月，国庆损失了 50 万元。李进损失了 100 万元。

李进这才刻骨铭心地体会到林总的那句话："现代化的高科技创业模式已经变革，要有一个各种条件都具备的团队。"

李进从 2011 年工作至今，五年多省吃俭用存了 60 万元，借了妹妹 20 万元，还借了平安、舅舅、冯姨 20 万元，现在都打水漂了。

李进心里一阵阵疼痛。

如果真的粉身碎骨还干脆一点。他躺在床上，如撕心裂肺一般难受。

两天两夜，两个汉子，一个躺在客厅里，一个躺在房间，都不吃不喝、不言不语。

第三天，两天没吃东西的国庆突然跟跟跄跄地扶着椅子站起来了。

他用河南话大声朗诵了两句毛主席的诗词："雄关漫道真如铁，而今迈步从头越。"

然后，他对着李进用普通话说："老兄，我们也没完全失败啊，至少在 30 米内我们可以控制。我们可以将技术转让给大企业，他们有系统性设备，我们可以收取技术转让费，毕竟这项技术还算是一项新技术，对吧？"

国庆又接着说："快起来，多少天没洗澡了？我们浑身都臭死了。洗澡吧，吃饭去。在这个世界，什么都可以放下，唯有筷子不能放下。"

国庆真不愧是班长，他还担任过学生会主席，这句话真够敞亮的。

他让李进豁然开朗：是啊，失败是成功之母，我们只有吸取教训，脚踏实地地干。今后我们要依靠有实力的团队，才能发挥自己最大的才能。

这样干也是创业啊，并非一两个人干才叫创业。

李进摇摇晃晃地走到客厅里，像喝醉酒似的说："印度诗人泰戈尔有一句诗——错过了太阳也没什么遗憾的，因为还有群星在那儿等着。失去了两公里，但获得了 30 米，有点错时之美。我们没有完全失败，没有完全失败哈。"

想明白了，他们赶紧洗澡，两个人穿着皱皱巴巴但干干净净的衣服，脸上带着那种大无畏的精神，着实让人感动！

这时他们感到饥肠辘辘了。突然看到客厅的茶几上有一箱牛奶，两人像饿狼一样扑上去，每人一口气喝了三盒，看到还有一盒苏打饼干，两个人你一片我一片一下子就吃完了。

这时李婷和平安来了。两人提着一堆水果和一大堆熟食。她们以为这两条汉子会跟木头一般，没想到仍然是精神抖擞。两位美女颇为惊叹。

李婷在房间里站了一会儿，皱了皱眉头，说："这房间脏死了，得马上搞卫生。搞完卫生在这里吃饭吧。"平安也举手赞成。李进和国庆只好跟着她们一起干，清垃圾、扫地、拖地、抹桌子、脏衣服放洗衣机……半小时就弄干净了。

平安还拿出一束鲜花，想插在墙壁上的瓶子里。她站在凳子上，一下子没站好，整个人从凳子上倒下来。这时李进赶紧抱住她，平安一下子倒在他的怀里。两个人几年来第一次有这么近的接触，而且是身贴身，李进搂着平安的细腰，瞬间异样的情感从心底涌出，英俊的脸微微地红了起来。平安那双盈盈如水的大眼睛露出羞涩的神情。一个不肯马上下来，一个不肯马上松手，两人彼此深情地凝视了好一会儿。李婷和国庆发现他们俩有戏了，都哈哈大笑起来。

还是李进把平安轻轻地放下来，说了句："你原来轻盈如燕啊，看不出来这么轻的身体，平时能打那么多的青草还有水果。"他不好意思地敷衍了几句。

平安整理好衣服，也深深地望了李进一眼，然后舒眉一笑说："吃饭了。"

"对，是该吃饭了。"国庆积极响应道。两个姑娘带来饺子、卤牛肉、卤鸡、炸鱼、韭黄炒鸡蛋、炒豆角、果汁，还拿出自家做的米酒，两条汉子狼吞虎咽地吃着。平安和李婷颇为奇怪地问："你们怎么饿成这样？"两人都不好意思地笑了。国庆笑着说："我们已经有好几个月没有这么正经吃饭了。"

吃饭时，国庆不停地给李婷夹菜，一会儿送上纸巾，一会儿递上果汁。李婷吃鱼卡刺了，国庆拿上一勺醋，叫她吞下。鱼刺下去了，国庆又轻轻地拍着李婷的背。看到这一切，李进粲然而笑。

饭后，国庆将余下的菜井然有序地用保鲜膜放进冰箱，然后去洗碗，手脚功夫很是利索。李婷说："我也去帮着洗。"平安站起来，准备也帮国庆。这时李进马上叫住平安："你别进去，让他们俩一起洗。"然后愉快地笑了。平安明白了，不由得点点头，莞尔一笑。

洗完碗后，平安快乐地冲好一壶大红袍，温柔地看了李进一眼。四人坐在沙发上边喝茶边聊天。

李婷拿出两双新的蓝袜子给国庆，有些羞涩地说："别再穿露脚指头的袜子了。"

国庆感动地接过袜子，反复地看了看，摸了摸，珍惜地收起来。然后，他凝视着李婷高兴地说："谢谢你！这两双袜子很快就会穿破的，你以后可以继续帮我买吗？"他迟疑了一下，有些不好意思地问，"可以帮我买一辈子吗？"

李婷顿时羞红了脸，嫣然一笑，含情脉脉地说："如果你愿意的话。"这会儿，李进和平安不由得开怀大笑。

国庆兴奋地站起来，在小小的客厅，像升国旗的解放军，操着正步来回地走了两个圈。大家都笑得前仰后合。平安感叹地说："还真像那么回事儿。"

国庆等大家笑够了，说："我们还年轻，输得起。我还是回我原来那家公司吧。我离开的时候说是回老家帮忙，留下的是活话。我在那家企业当研发部主任，每月工资2万多。年终还有奖金。这家企业计划过两年开发机器人。我计划存够30万元买房子，先付个首付，买个三房两厅，然后月供，现在租房不划算。车子明年就可以买了。"

国庆说完，温柔深情地看着李婷，突然他用河南话冒了几句话："其实喜欢一个人就是这样，想念的时候能看上一眼，心里就会觉得很暖。牵挂的时候问候一声，心里就会觉得很踏实。孤独的时候聊上一会儿，心里就会觉得很满足。人生最美的不是风景，而是感情。爱情最美的不是浪漫，而是真心喜欢一个人。"大家大概听明白了意思，经过有特点的河南话描述，又是一阵欢声笑语。

李进却为难了。他离开公司的时候是那么坚决，说的话也是硬邦邦的，没有回旋的余地。

他沉思了一会儿说："我还是另找一家企业吧，尽量接近我这个行业的。我在林总公司口碑很好，请他开个介绍信。况且林总未来的出路我也帮他们想好了。林总是真君子，我喜欢他，但专业上却不利于我。我工作五年多了，这次失败，是我太自信、太执着，但我相信我能站起来。"大家听了都赞成。

　　国庆还说："我和李进合作的成果在网上转让，能收多少钱就算多少，我们'同居'了四个月，现在又要'分居'了，让我们深记着这次奋斗，珍惜这难得的失败，我们的心永远是连在一起的。"

第七章　厄运降临

2016 年 9 月初，李进在网上发了求职信，不久就收到三家企业的面试邀请函。他比较了一下，选择了一家叫厦光的企业。该企业是研发生产销售多样化彩色复印机的，计划未来研制小型的 3D 打印机。这是一家计划上市的企业。企业地点在厦江新城。公司董事长叫李启光，总经理叫韦强，财务总监叫洪卫。面试那天，三位公司主要人物都看了李进的简历，问了几个问题，李进都回答得令人满意。李启光当即任命李进为研究所的负责人，试用期三个月，月薪 2 万元，过了试用期月薪 2.5 万元，购买全部的险种。李进为了方便工作，又重新租了一间公寓，离上班地点走路五分钟的路程。

来到公司两个星期后他发现，研究所的队伍共计 20 人，研究生学历的加上他才 3 人，本科生 12 人，5 名大专生。更要命的是，队伍涣散，基本上每天有三分之一的人迟到半小时，早退半小时也是常有的事。布置下去的研究课题，基本上没有一个是准时交上来的。这是他从未遇到的难题。他向董事长直接反映这个问题，提出了与没有干劲的人员合作很难快速发展。因为高科技的周期很短，需要研发速度。

李启光听了有些为难，他说："研究所部分人员出于历史原因是关系户，不好辞掉。"他叫研究所定个制度，以后按章执行，董事会坚决支持。

李进定了制度：凡是迟到五分钟以上，扣100元；迟到一小时，扣半天工资；早退，扣100元；累计迟到和早退五次，当月全部工资扣除；科研任务布置后，超过预定时间两天提交的，扣除工资50%。

这几条规定真是立竿见影，一下子研究部门人员紧张了，工作时间不敢迟到早退了。李进还将研究人员包含自己，分成三个团队。研究生是项目组组长，另挑选了三个比较好的本科生为副组长。每周大家沟通一次，交流进度和协调。他还要求研究所的人员利用各种时间提高英文阅读能力。如果有成果，其奖励一律按成绩大小发放。如半年无任何工作效率，予以辞退。

李进的管理严格高效，得到大多数人的赞成。但也惹怒了少部分人，他们大部分是大专生，个别是本科生，据说这几个人是总经理韦强的亲戚。还好，那两个研究生还有三个本科生都是重点大学毕业的，业务扎实，人品也正派。三个小组的工作都活跃起来了。

三个月后，在 2016 年底，新型彩色复印机研究出来了。其复印逼真，色彩鲜艳。比目前市场所有彩色复印机的效果都要好，况且成本低，销售量一下子上升了 40%。公司奖励了研究所 50 万元，每人还升一级工资。公司奖励李进一人 10 万元，余下 40 万元分给大家。李进感谢公司对自己的信任，但他将那 10 万元放进 40 万元里，50 万元三个组平均分。

在总结会上，李进表扬了 16 位研究所的人员，批评了 4 名关系户。事实上，他们上班时间在玩电脑游戏，对工作三心二意。李进指出，如果再发生这种行为，要求公司予以除名。这 4 名关系户表面承认错误，私底下却怀恨在心。心怀坦荡的李进向来言行正派，他如此公然批评 4 名关系户，等于批评了总经理韦强。

到了 2017 年 1 月，李进已经快四个月没休周六周日了。一个星期天，他才想起应该到海涛公司谈谈对他们公司发展的建议。林总器宇不凡，其正直的人品一直让李进尊敬。他建议林总 A3 产品可以找其他的公司合作，或者贷款自己投入。李进决定在今后的周日无偿帮忙完成这个项目。关于 A1、A2、A21，可以继续生产，因为市场还是十分广阔。由于电子商务存在一些销售上的问题，他带上平安帮助他们改进一些软件。

那天天气非常寒冷，李进和平安走进林总的办公室。办公室的暖气开得非常热。平安脱下大衣，里面穿了一件无领的粉色羊毛衣。平安已经很久没有参加农活了，脸上的黑斑基本没有了，皮肤显得白白的。她将头发扎成一条高高的马尾辫，更显得干练漂亮，身材苗条。

当李进介绍平安给林总时，林总与平安握了握手。突然林总盯着平安的前脖子，盯了好一会儿。林总开始激动了。

他马上走到平安的后面，仔细地观察平安耳朵右下方，看到有一粒红色的痣微微地凸出来，耳朵左下边有一粒小黑痣。林总更是激动了，他颤抖地问平安姓什么、叫什么名字、今年多大了。

平安笑着说："我自己都不知道姓什么叫什么，我应该是1990年出生的，我记得我的哥哥比我大两岁，好像他的小名叫小虎。"说到这里，平安没了笑容，表情开始凝固了。

回忆那年，她黯然神伤，停了好一会儿，然后痛苦地说："在我4岁那年的中秋节夜晚，父母带我看花灯，突然一个人将我抢走了。我使劲地哭喊，但嘴被塞上了毛巾，被黑布蒙住了脸。后来几天，我也不知道去了什么地方，最后到了永和村。他们看我是个女孩，不要我了。我成天哭喊着想爸爸妈妈，但就是找不到爸爸妈妈。我天天害怕。好在有家人没孩子，他们收养了我。"说完，平安眼里含着眼泪。

这时，林海涛已经泪流满面，他抓着平安的手说："玥儿，你叫林玥。我们终于找到你了！我是爸爸呀！为了找你，我们除了上报公安局，还开了十几家餐馆，就是想向多方人打听你。你在两岁时脖子做了一次小手术，脖子缝了七针，一般人是看不出来的。为了找你，你妈妈病了十几年。"说到这里，林海涛哭得更伤心，"孩子，我们对不住你啊。"

平安听了，很是惊愕。由于激动，她语无伦次地说："你，你说我是你的女儿，我身上有，有你们的记忆。可，可我对你们没有记忆呀。我只记得我的父母高高的个子，是年轻人。都20多年了。还，还有什么证据吗？"

林海涛马上从钱包里拿了一张相片，说："这张照片是中秋节中午我们全家人照的。那个时候你是没有头发的。当天晚上你就不见了。相信我吧，女儿！"

平安听了才想起自己也有一张相片，她哆哆嗦嗦地拿出这张相片，想与林总那张相片相对，但又不敢对。她十分害怕，万一对不上，她受不了这种残酷的打击。她心乱如麻，犹豫不决。

这时林总说："不用对相片，我就知道你是我的女儿了。"

说完他果断地从她手中拿过她的相片，当两张相片放在一起的时候，他拿给平安看。平安一看两张相片上的人，都是自己，情不自禁地对着林总大喊了一声："爸爸！"然后抱着林海涛，放声痛哭。

这种喊叫、痛哭，是平安20多年来痛心入骨的爆发。

怎么？林总是平安的父亲？李进又是震惊，又是激动，又是高兴，眼圈都红了，然后兴奋地说："这是天大的好事啊！"

父女相见后，林总马上电话告知太太来公司见女儿。

半小时左右，林太太到了，虽然她白发苍苍，脸色铁青灰暗，含着眼泪，但气质还是很优雅，年轻时应该是风姿绰约。她现在行走有些摇晃，由一个年轻保姆扶着。平安长得很像妈妈，特别是那双大眼睛简直一模一样，个子也像妈妈一样高挑。林太太紧张地看着她前脖子，然后再看看她右耳朵和左耳朵，看完后，林太太马上抱着平安号啕大哭，哭喊着："女儿啊，终于找到你了！你知道爸爸妈妈这20多年是怎么过来的吗？"

平安仍泪如雨下，扑在父母怀里，三个人抱在一起，哭成一团。平安边哭边说："这是真的吗？爸爸妈妈，我终于找到你们了！"好一会儿，一家三口才平静下来。

李进在想，平安真幸福，终于找到父母了。可是我和妹妹却永远地失去了父母，天下的事真是无奇不有。

这时，平安不由自主地抱住了李进，将头埋在他的怀里。那张喜悦与惊讶交集，梨花带雨的脸甜甜地笑了。李进也不由得紧紧拥抱着平安，他温柔地用手帕擦干平安的泪水，将她脸上的秀发轻轻地拨到脸后。他俩的亲密行为被林总看到了，他先是一惊，然后由惊转为喜，由衷地笑了。

平安从李进的怀里将头抬起来，含羞地看了李进一眼。

然后，她走到父母身边，激动地喊："爸爸妈妈！"喊完这句话，就忍不住地哭了，又哭了好一会儿。

她又笑着说："我好久好久没叫爸爸妈妈了。我多么想叫啊！现在还像做梦似的。"

她含着泪水说："你们叫我林玥，小名是玥儿，我很高兴。但是平安这个名字，是养父养母给我起的，他们希望我平安，让这个名字保佑着我，从4岁走到了今天。这20多年里还算顺利成长。所以我想保留平安这个名字，可以吗？也算是对养父养母的一种报答。至于林玥请让我适应一段时间，以后再改过来。或者名字叫林玥，小名叫平安，可以吗？"

平安的父母，非常理解地点点头，马上说："可以，可以。"

平安与父母相认的事，大家都知道了，都非常高兴。林总第三天就专程和太太带上女儿平安，到永和村看望舅舅和冯姨。李进和李婷、国庆也一起到了永和村。

林总夫妇向舅母遗像上香，磕了三个头，献上了一大束鲜花。两人又向舅舅和冯姨作了揖，送上了很多贵重礼品，以感谢这20多年来他们对平安的抚养。平安父母看到房子已破旧，决定出资给舅舅和冯姨建新房子。

平安的父母这两天都容光焕发。尤其是平安的妈妈，走路也不用保姆搀扶了，自己走得稳稳当当的。她还经常抚摸着平安，拉着她的手，怕她再走掉。平安的父母建议平安回到城里与他们同住。平安的哥哥小虎已经结婚，小两口单独住。所以老两口子在家里很孤单。

平安说："我在永和村住习惯了，现在我和李婷在市中心的公寓住，也习惯了。先就这样吧。现在一下子与你们住在一起，我反而不习惯，给我一个适应期吧。我会经常回去看望你们的。"

从平安的口中，林总知道了李进和李婷不凡的身世，也知道了国庆。看到女儿和这些有志的青年在一起，他也放心了。因为平安妈妈身体不太好，他们就先回城里去了。

这时，国庆说："我和李进的那个控制器卖了技术费80万元，现在按出资比例分。还给李进53.3万元。"

李进收到钱后，当即还了向妹妹借的20万元。然后他开玩笑地对国庆说："还给妹妹，等于还给你，将来你们是一家子了！"

李婷羞红了脸："什么呀，我还没有答应呢！"

国庆大大方方地用河南话说："俺的钱将来全部交给俺媳妇管，她是银行信贷部主任，会计划用钱着呢。"大家都笑了。李进又随之将那20万元分别还给了平安和舅舅及冯姨。

去完永和村，李进补休了两天。他睡了整整两天。两天的休息让他精力充沛，心里充满了阳光。

1月中旬，根据董事会决定，要研发3D打印机。

春节后，三个小组都做了可行性报告与方案，一周后上报了董事会，其方案及经费董事会也同意了。三个小组分了工，马不停蹄地投入工作与试验。

这半年，李进除了清明节拜祭父母之外，周六日都很少休息。研究所在他的带领下，绝大多数的人员热情空前高涨。李进的工作能力和坦荡为人，赢得了董事长的信任和器重。

董事长李启光打算提拔李进为公司的总经理，并给他10%的股份。

韦强的能力、水平远跟不上形势，私心也比较重，董事长将聘他为顾问。这个消息虽然没有公布，但在公司已经传得沸沸扬扬的。平时公司工作大事的决定，董事长都与李进先商量，然后才召开公司董事会讨论，大家基本按李进的意思办。

这个做法深深地激怒了韦强。

由此厄运悄悄地降临了。

研究工作到了8月初，初试的10部3D打印机成功了。其打印水平达到国内先进。公司计划8月中旬正式大量投产。

当正式生产时，却与研发出来的样品完全不一样。生产出来的是废品，损失了三百二十多万元。

真奇怪！研究所从生产线上到每一个部门找问题。最终发现是李进下产品总设计单时，在一个工艺新材料上写错一个关键的符号，应为MET，他写的是NGT。这是一个致命的错误。由他的电脑向公司各个部门发出，清清楚楚。李进看到自己电脑上下的单的确是错误的 NGT，但他不相信自己会犯如此的错误，他心里很镇定。

因为在讨论下单前，在共享大电脑时，他们小组七个人都看到李进按的是正确的 MET。一定是谁动过他的电脑，但他的电脑是有密码的，有谁知道呢？一定是知道的人改的，是谁？这么居心叵测！他苦思冥想。

这个时候李启光也没有着急处理，他觉得事出蹊跷。

李启光亲自召开了专题会议，要求进一步调查，并交代总监报公安局立案。同时他说："如果公司有人做了手脚，能主动投案，可以大事化小。如果是被查出有人做了专门修改，则受刑事处分，做开除处理。"然后他还补充了一句，"损失320万元，还要做相应的赔偿！"

而韦总经理却说："事情已经很清楚了，就是李进的错误。这件事情已经是板上钉钉，没有必要找公安局立案。"

8 月下旬了，公司的案件还在查办中。

在一天晚上，约 9 点，李启光回到家里。晚餐后他突然想起，明天有个重要谈判，但对方的资料在自己的抽屉里。所以他必须马上开车到公司去取。

当走到公司的门口，他看见李进倒在地上，头的周围有一大摊血。他十分震惊，马上打 120，约 15 分钟，120 才到。李启光亲自与 120 的医生送李进往市中心最好的医院。他告诉医院用最好的药最好的方式抢救，不惜一切代价一定要救活李进。此时李进已经奄奄一息了。李启光又立刻打电话叫财务总监洪卫带上钱马上到医院。医生说："李进是被铁的凶器打到了颅顶、脑部及颈后部，颈外动脉失血过多，救活的可能性不大，但我们一定会尽力。"

洪卫知道李进有个妹妹，设法找到了李婷的电话，叫李婷马上来医院急诊室。

李婷收到电话后，泪如雨下。她突然感到哥哥会不会像父母那样突然走掉，她不能自已，腿一软，倒在地上。好在平安和她在一块住，扶着李婷一块去了医院。平安还马上给父亲林海涛和国庆打了电话。他们都马上赶到了医院。此时医院立即输血输氧，进行颈外动脉血管的修复。手术室外，李启光满含热泪，连连地握着李婷的手，拥抱着李婷，安慰她要相信医院。洪卫也在手术室外来回紧张地徘徊，不断自言自语："好险啊，好在董事长回公司取文件了，否则……"大家都紧张地等待着里面的消息。

手术进行半小时后，由于是颈外动脉血管破损，失血过多，医院的存血也没有符合李进的血型，要马上到市血库中心调进，李进休克了。医生叫大家做好最坏的思想准备。这时李婷说："我的血型跟我哥哥是一样的。"然后输了300毫升血给哥哥。正好平安的血型也跟李进一样，也输了300毫升血给他。国庆早就打电话给厦江大学的学生，不久就来了十几个学生，都争着给李进输血。跟李进血型相符的有九个人，他们又给李进输了共 3600 毫升血。医生说足够了。第一批学生走了，厦江大学又主动来了十多个学生做备份。李启光和李婷他们都十分感动。

手术又进行了两个多小时，李进终于抢救过来了。

当李进从手术室被推出的时候，李婷扑上去喊着："哥哥，你千万不要走啊，否则就剩我一个人了……"平安将眼泪擦干，马上配合医生照顾李进。

李启光看见昏迷不醒的李进，又一次潸然泪下。

他急切地问主刀医生李进的情况。

主刀医生说："手术做得不错，现在已经有明显的生命特征，血压、心跳都正常。但歹徒是用铁器打李进的脑部和颈部，这些地方都受伤了。现在看上去像外伤。伤最重的是打破了颈外动脉，好在不深，但失血过多。从整体看，有伤害脑内部的可能性，如果是的话，可能成为植物人或者留下严重的脑震荡。但手术两天后才可以做有关部位的 CT，还要看病人这两天的反应。届时就一目了然了。大家不要担心，让病人静养。"

主刀医生最后疲惫地开了输液，并对两位值班医生做了反复交代，还配备了两名专业护士，要求有一名家属 24 小时跟进。然后主刀医生就走了。

这时李启光交代洪卫留在医院陪到明天，并告诉洪卫他刚才已经交代保卫部门报案了，警察已经在现场。他本人明天要参加一个重要谈判，现在只好回家，叫洪卫有什么情况马上来电。临走时，他又与李婷握了握手，叫她不要担心了。他又与林总握了握手，然后走了。

事情从发现到现在已经四个小时了，好在李进手术顺利。李婷请平安和林总、国庆回去，她来陪哥哥。平安说："你回去吧，我身体好。"两人都争着留下来陪李进。还是李婷说："咱俩都留下来吧，谁回到家都不安心。"林总听了点了点头。他又问了值班医生什么时候可以进食，医生说这要看病人的具体情况。林总听了，心情沉重地走了。

第二天上午，查房的医生们在讨论李进的病情。讨论中有的医生说李进的情况可能成为植物人。李婷听到哥哥可能成为植物人，伤心地哭了。

这时林总夫妇也来了。平安安慰李婷说："别担心，李进身体素质很好，应该没事。如果真成为植物人，我就嫁给他，陪伴他一辈子。"

李婷拼命摇头："不要，不要，不要，我来陪！"

林总夫妇听了她们俩这段话，心里更是沉重了。此时李进还是昏迷不醒。医生告诉李婷她们要多与李进说话，刺激他的脑神经，有利于苏醒。

下午，平安坐在李进旁边，轻轻地对李进说："李进，我是平安，你听见了吗？我们常在永和村的果园里培土、施肥、摘果子吃，畅谈理想和人生、未来，还倾诉各自心里的酸甜苦辣，彼此还互相鼓励。那里就是我们的伊甸园呀！我会陪伴你一辈子的！你还记得 2013 年中秋节我们说的那几句话吗？我用标准的永和村方言再给你说一遍哈。酒香流唇间，人生五味足。释放昨天的伤心和烦恼，相信明天的天空更蔚蓝，畅享美好的人生。"

平安又继续地跟李进说："你好了以后我教你开拖拉机，拖拉机可不好开呀！我还带你去山上打野兔子、打野猪。我想和你永远在一起，好吗？"她又讲了一个多小时的话，讲得口干舌燥、泪流满面……这时李进的手微微动了，然后，眼睛慢慢地睁开了，但很快又闭上了。大家都十分高兴。医生说李进的情况开始好转了。

第三天上午，李进醒了，想喝水，平安马上给他喂温开水。平安温柔地问他："认识我吗？"李进头不能动，那双像大海一样深邃的目光凝视着平安，眨了几下，表示认识。李婷又来看了哥哥，说了几句话给哥哥听，李进也眨了一下眼睛。下午林总夫妇送鸡汤来了。平安喂李进喝，李进喝得很好。林总夫妇看到李进可以吃东西了，很高兴。

第四天上午，李进照 CT，结果是：脑内部无任何伤害，脑外部是皮肉伤，现在就是颈后部颈外动脉受损。经过几天前的手术，血管已经开始愈合了，供血没有问题。做完检查后，李进想吃饭了。林总送来了可口的饭菜，李进吃得十分香甜。住了三周医院，李进出院了，回到公寓休养。妹妹和平安在客厅里搞了一个折叠单人床，一人睡沙发，两人一起照顾他。

公安局对李进受重伤立了案，已经将作案者的目标锁定在研发组的那几位常被李进批评的人和韦总身上。

李进出院后，李启光召开了全公司大会。他说："谁作的案已经清楚了，我们公司门口安装了两个隐形摄像头，只有我和洪卫知道。摄像头资料已经提供给公安局了。如果主动投案，罪责会减轻很多；如果由公安局公布真相，被动查出，那就走法律途径，受刑事处分。"

李启光这么一说，一小时后，那两位常被李进批评的大专生投案了。他们主动坦白平时偷看了李进的电脑密码，是他们将 MET 改成了 NGT。他们还供出了是韦总策划的，但打伤李进是他俩自作主张的。因为公司损失的是 320 万元，还要做相应的赔偿，这么大的数额怎么赔偿，不如将李进脑子打残，他俩过一年半载就辞职离开公司，一了百了。谁想到李进又活过来了。说完这些话，他俩脸色苍白，神情忏悔，浑身颤抖。

事情真相大白了。还在家中养病的李进听到消息后，心里不得不佩服董事长的智慧。

然而，他躺在床上很不平静。如果不是李启光及时发现，他这条命就没有了。

公司居然有这么心狠手毒、丧心病狂的人，韦总也是人面兽心。

这时韦总和那两个大专生特意上门，买了鲜花和水果及一大堆补品向李进赔罪。特别是那两个大专生，下跪求李进不要起诉他们，他们愿意每人拿出 5 万元赔偿私了；如果李进告他们，他们每人至少坐两年牢，以后出来就是一辈子的污点，很难就业。当初他们也是鬼迷心窍昏了头。两人又是磕头又是哭着求饶。

李进看着他们，没有作声。李婷说："哥哥要休息，你们赶紧走吧。"

他们走后，李进充满了愤怒与不甘：自己努力工作碍着谁了？难道平庸地过日子就可以永远地平安吗？不，今后仍然要努力地工作，永不放弃！受伤后的李进，心里仍然是那般坚强。

李进从受伤到现在已经 40 天了，妹妹和平安一直在照顾着他。平安父母频频过来送饭送汤，国庆也经常过来探望。今天他到医院去体检，已经彻底恢复健康，可以上班了。

在李进养病这段时间，家里人都没有问为什么会发生这件事，因为怕引起李进的不愉快。

10 月上旬，李进上班了。李启光专门请李进到他的办公室，首先代表公司表示深深的歉意。他告诉李进，所有的医药费由那两个大专生负责；他住院和养病期间的工资全部照发，并另给李进 5 万元慰问金。李进点了点头表示感谢。李进还由衷地感谢李启光救了他的命。他向李启光深深地鞠了一躬。

然后，李启光说想听听李进对此事的处理意见。李启光泡了一杯上好的红茶给李进。

李进一边喝着红茶一边思索。他发现董事长的办公室养了一大缸鱼，那里的鱼儿有大有小，五颜六色，各种不同品种的鱼儿都能和睦地相处。它们在那里悠然自得。

他想，人类如果像鱼儿那样和睦相处该多好啊。

然而，人性远比鱼儿复杂！

此事虽然有惊无险，但自己差点失去生命。

放过他们，对自己不公平，对社会也不公平。

他心里十分纠结。

过了好一会儿，他才决定还是放他们一马，也算胜造七级浮屠。

李进说话了："那两个大专生虽然卑鄙无耻，但他们才20岁，如果起诉他们，他们这辈子就完了，给他们一次机会吧。我决定不起诉。"

李启光听了，一脸的不满。他说："这两个大专生必须做开除处理，否则天地不容。其他的还是尊重你的意见。"李启光又说，"无论如何他俩要做出赔偿，每人赔偿5万元给你。"

李进说："他们哪来那么多钱，每人2万吧。"

李启光听了，深深地看着李进，眼睛微微地泛出了泪水。

他被李进的大度深切地感动了。这时董事长的办公室外面围了一大堆人，他们都是公司的员工。大家都急切地想看望李进，每个人投来的目光都是亲切的、关心的、赞扬的，有的人手里还拿着水果、点心和鲜花。李进急忙走出董事长的办公室，走到了他们的中间……

但损失的320万元怎么办呢？李进说可以将错就错，将NGT材料做成彩色复印机，因为彩色复印机的主要材料就是NGT，并且每台彩色复印机还要变更两个部件。这样损失仅剩10万元左右。

李启光问："为什么不能直接换MET呢？"

李进说："MET需要网状围堵，更改的工艺成本高，损失会更大。"李进七人科技小组的同伴也是这么认为。

损失10万元不算多，但此事作风败坏，造成恶劣影响，也必须对韦强进行处理。李启光对韦强早就不满，在董事会上提出不再聘用韦强为总经理。看在他多年工作的份上，让他主动辞职，并给他三个月的工资。损失就算了。

韦强这下子慌了，他说："我都50岁了，上有老下有小，我一时犯迷糊，我错了！我发誓再也不做这种龌龊的事了。"说完，韦强哭得稀里哗啦的。

李启光听后说："这还要听听李进什么意见。"

李进说："既然韦强承认了错误，就给他一次机会。但给公司造成的损失，他和有关人员要做出全部赔偿。希望他今后以此为鉴，接受教训，感恩公司。也建议进一步强化公司的规章制度，尤其是定期进行道德与法治教育。"

李进通过高科技手段，挽救了这批 300 多万元的产品，还宽恕了害他的人。这件事情在厦江同行中广泛流传，李进获得了好口碑。

3D 打印机 2017 年 10 月中旬正式生产了，该产品上市一个月，反响良好。11 月底，公司的营业额在不断提高。董事长专门奖励了李进 20 万元，并正式任命李进为总经理，另一名研究生为副总经理。

此时已经是深秋了。忙了近两个月的李进节假日没怎么休息，挺累的。那天正好是星期六下午，他补休。在回公寓的路上，李进买了一个汉堡包，到家吃完了就躺下了。他打算明天与妹妹、国庆和平安回永和村看看，大家聚一聚。想着想着他就睡着了。

睡了一大觉，他一看时间，已经是晚上 7 点多了，感觉肚子饿了。他准备下楼买一些吃的。此时听到一阵敲门声，打开门，是平安。

平安比以前出挑得更好看了。她这段时间在城市搞电商，皮肤变得白白嫩嫩的，但朴素温柔的气质依旧。她拿了一锅炖好的鸡汤和新包的饺子，还有几个西红柿和鸡蛋、一把新鲜的蔬菜。她边下饺子，边炒菜，一会儿，小小的公寓香味四溢，小小的圆桌摆满了鸡汤、饺子、西红柿炒鸡蛋和绿油油的青菜。

弄完菜后，平安给自己拧了一把毛巾，擦擦脸，将头发拢到后面，一双黑亮的大眼睛和一张瓜子脸显得那样美丽。李进看着平安，有点呆了。好一会儿他才反应过来。他赶紧到厨房拿了一对碗、一对筷子和一对酒杯，并兴致勃勃地找出了一瓶法国红酒，说："咱们边吃饭边喝酒，好吗？"

"可以啊！"平安欣悦地回答。

李进盛了两碗汤，给平安的汤里面还放了一只鸡腿。

他边喝边说："好久没喝上这么好的鸡汤了，有家的感觉真好！"说完脸不由得红了。

平安听了，嫣然一笑，娇憨地说："这只老母鸡是从永和村拿来的，我炖了两小时呢。我知道，你也爱吃鸡腿。听李婷说，你们读小学的时候还在争鸡腿吃呢。"说完，她将锅里的另一只鸡腿夹给李进。李进不好意思地笑了。

他们吃到一半，李进的速度减慢了。他把这几个月在厦光公司发生的事一一告诉了平安。他有感地说："没想到厦光公司还有那么心术不正、卑鄙无耻的人。前几年在利盛公司，潘小姐的事也是那么匪夷所思。"

他喝了一口红酒，半天没说话，然后又喝了一口酒，深思了许久说："我这个人不适合搞管理，对别人从不提防，老是遭人暗算。我是研究型人员。我在厦光公司做总经理，面对的是复杂的人际关系，我根本没心思做研究，反倒会遍体鳞伤，到时伤得路都走不动了。所以我打算下周辞职，换一家大公司专门搞研究，这样更适合我。同时我要边工作边读博士。我的这点知识已经不够用了，六年来，我换了三家公司，自己创业四个月。这些让我不仅学会了做事，还学会了做人。人各有所长，发挥所长无耗生命，有利于身心健康，对社会贡献更大。"

平安也喝了一口酒，脸蛋红扑扑的，她也有感地说："你说得对，我支持你！想当初你刚到我家就睡了三天三夜，我以为你是纨绔子弟，会人生颓废。经过这几年的磨炼，你工作跌宕起伏，最终坚韧不拔，在绝境中前行。我挺佩服你的！当时真错怪你了。"

她又喝了一口酒，平静了一会儿，睁着那双灵动的大眼睛，好奇地问："走到今天，你觉得最大的动力是什么？"

李进听了，也喝了一口酒，拿了酒杯在桌子上转来转去，深深地说："其实我是一个挺固执的人，我凭着心中的爱，爱我的父母和妹妹，爱冯姨和舅舅，还有你！我还爱大家，国庆、林海涛、李启光先生，还有我们的校长，还有我们的祖国。"

平安羞涩地问："你爱这么多人，跟爱我一样吗？"

李进脱口回答："当然不一样！"

平安问："怎么不一样？"

李进脸色红了，彼此凝视着，流出爱的光芒。

李进此时拿起酒杯，倒了酒。他不由得捏着平安的手，又抚摸着她的肩膀说："我早就爱上你了，没有你我也走不到今天，让我们为爱情的力量干杯！"

平安也喜悦地说："为爱情的力量干杯！"

一瓶酒两个人干光了。平安倒在沙发上睡着了，李进为她盖上了毛巾。收拾了桌子后，自己回房间睡了。

第二天是星期天，他约好了与国庆、李婷回永和村看冯姨和舅舅。平安的爸爸给她买了一辆白色宝马小轿车。

李进对平安戏谑道："你是先富起来的人。"接着他又说，"会开拖拉机的人，小轿车一定开得稳当，大家放心坐吧！"

平安轻轻地拍了一下李进的胳膊，娇嗔地说："你现在说话越来越损了。"

到了2017年12月，李进正式向公司辞职了。

尽管李启光很是不舍，但他懂李进；懂得李进应该找一个发展空间更大的公司；懂得李进在什么位置上，才能找到自己的光点。

李进跟董事长李启光先生含泪拥抱，彼此祝福道别。

他还与韦强握手道别，韦强感动地跪下来向他磕头。

第八章　幸福来敲门

12 月上旬，李进在网上发出求职信，马上就有十多家大型企业向他发出邀请。经过权衡，李进选择了一家民营企业。这是一家早已闻名的上市公司，有 20 多年的历史。公司名字叫飞翔。

公司的企业文化是：诚信、团结、拼搏、爱国、爱家；公司的研发、生产、销售、售后服务部门都很齐全；公司的管理也很规范，很多制度已经与国际接轨；公司的人文环境也很和谐。公司在全国各地有 20 多家分公司，在海外也有几家分公司，每年产品有 50% 出口。

公司的经营范围是生产工业机器人、餐饮机器人，未来计划有银行、家庭、医疗等行业的机器人以及仿真技术……

面试后公司对李进很满意，给李进的试用期是两个月，工资 2.3 万元。试用期过后工资 2.8 万元。如果业绩良好，每年可以升工资，还有奖金。

公司的福利很好。在公司工作满五年，每年有研究成果的可以分到房子。贡献特别大的，三年就可以分到房子。房子由 120 平方米到 200 平方米不等。如果有特殊贡献的，在公司工作满 10 年，可以拥有公司不大于 3% 的股份。

李进对公司提出要求说："我已经考上在职博士，专业仍是精细设计自动化，读两年。上课时间都是周日和晚上，但如果有任务需要加班，我先服从工作，上课时间可以调整。请公司支持。"公司鼎力支持他的要求。

此时的李进并没有急着上班。他需要理一理这些年来自己的过与失，平复一下自己的心态，答应公司 12 月中旬上班。

他在上班之前一个人专程坐了公共汽车，回到了永和村。冯姨和舅舅到平安父母家小住去了。

他走进了他住的那个小房间，看见地面上还有妹妹的一点血迹。

他又走到厨房，闻到那股气味是那么亲切。

没有冯姨和舅舅的支持，他也走不到今天。

他又走到山上，那漫山的果园和树木披上了一层银装，显得神秘而美丽，它那独特的美丽，仿佛有了另一种姿态。

不时有小麻雀落在树梢上，震得小雪花簌簌地落下，那情景真有点儿说不出的清新，说不出的畅快。

更让他感到心情舒畅的是纯洁的小雪花，像小小的白羽毛、梨花瓣。

优美的初冬，含蓄婉约，就像平安姑娘在跟自己娓娓道来。

站在山顶往下看那古老的村庄，他仿佛看到了英子，还看到了那些朴实勤劳的农民，尽管碰到各种自然灾害，他们一样辛勤耕耘、不畏艰难，仍然平和安详，一代又一代地过日子。

也是他们的精神信仰让自己走出了绝境。

今天的李进并不是多么出色，他仅有一点点的存款，没有房子、没有汽车，更不是公司的大老板。但他有了勇于攀登高峰的果决，有了脚踏实地的作风，完成了自我救赎的蜕变，对困难能气定神闲地应对，对生活充满了热爱，他的内心有震撼人心的正能量。

他既普通又不普通！

此时的李进要求自己今后要收敛身上桀骜不驯的习气，蜕去平时的多愁善感，祛除人与人之间恩怨相杂的意气，涵养稳健平和的正气和虚怀若谷的大气。

2017 年 12 月中旬的一天，李进与飞翔公司通了电话，双方又明确了次日正式上班的时间。公司要求上午 8 点到达。公司也在厦江新城。李进住的公寓离公司走路大约需 10 分钟。

已经是厦江的冬天了。清晨，一轮橘红色的太阳从地平线升起，给笼罩着迷雾的大地涂抹了一层霞光，阳光洒落在晨雾中，增添了一份温暖，使人心情舒畅。迎着这美好的阳光，李进精神抖擞地走进了公司的大堂。

大堂中央刻着"自主创新是我们的信仰"几个红色大字。字下面摆着几排万年青。李进驻足凝视，他热血沸腾，内心仿佛被点燃了，让他无畏地向前。

大堂里已经站着一位面容和蔼、身材匀称、穿着职业套装的中年女士。她一眼看到了李进，马上迎上去亲切地问："你就是李进先生吧？"

"是，我是。"李进马上回答，他感到对方眼熟。

双方握手后，这位女士自我介绍："我叫李文芝，是飞翔公司人事部的经理，大家都叫我李姐。"说完她又爽朗地说，"你也叫我李姐吧！"然后，领着李进到研究所。

研究所在另外一座单独的楼宇，共八层楼，有电梯。一路上，李姐介绍，公司的研究所场地约有 1 万平方米，所内有办公室、实验室、会议室、图书室和小实验工厂，还有休息室等。休息室里有水果、饼干、咖啡、茶水及矿泉水。一楼还有自己的食堂，一日三餐免费供应，从早上 7 点 30 分供应到晚上 7 点 30 分。饭堂还有一个 24 小时的自动柜，里面有牛奶、面包和快餐面等，凭工作卡就可以领取。研究所后面是一个大花园，给研究人员散步放松，远离喧嚣，利于思考工作。

他俩很快就到了研究所六楼办公室，研究所所长已经在此等候。

李文芝向所长介绍这是新来的李进，李进主动地与所长握手。他感到所长的手很暖和，有一股暖流缓缓地流向全身。

所长首先说："欢迎你到飞翔工作！"然后自我介绍说，"我叫李光宇，来飞翔工作15年了，以后咱们就是同事了。"说完又笑着说，"咱们不仅是同事，还是校友呢。我也是从厦江大学毕业的，后来到清华大学读研究生，到法国读的博士，又在法国工作了几年，回国后就到这里工作了。"然后所长主动松开了双手，用一只手拍了拍李进的背，由衷地笑着说，"我看了你的简历，人生经历还挺丰富的嘛。你来这里，选择对了，好好干吧，咱们合作。"

李进打量着光宇所长，他气宇轩昂，目似朗星，待人谦和。他的微笑里透出一股智慧与善良的气息。约40岁了。

李文芝这时礼貌地告辞了。李进此时不由自主地说了一句："李姐，谢谢您，好走了！"他还走向李姐主动地握了握她的手。

李文芝停下来，头一歪，那双明亮而友善的眼睛看着李进，笑着说："你的嘴挺甜的嘛。面试时我坐在面试官的后面，看见你一句话也不多说，我还以为你是个闷葫芦呢。以后有什么事找你李姐，祝一切顺利啊！"说完爽朗地笑着走了。

李进转身走进了所长的办公室。此时，李所长冲好了两杯咖啡，一杯递给了李进，一杯自己喝。两人坐下来后，他告诉李进："研究所共有 10 个组，分配你到第一组工作。这个组人员的专业都大致相同，更重要的是大家都有一股冲劲。你们的组长叫周运，是个博士，海归派，人很有创业热情。"

他喝了一口咖啡，思索地说："你正在读博士，希望你处理好工作与学习的关系。公司是鼓励研究人员不断提高知识储量的，每年都会集中学习新知识，请专家讲课，或者外派人员出国培训。"接着所长向他介绍了近两年的工作计划。李进专心地听着，并不断地点头。

这时，所长看了看时间说："不早了，以后有的是机会交流。"他站起来带李进到他的新岗位。

新岗位在七楼。他的办公台靠近窗口，暖暖的阳光隔着玻璃照射进来了，办公室是那么亮堂。李进看到自己的工作电脑，心里闪出一个念头，能坐在这里追求自己的理想是多么幸福的一件事。

正当他出神的时候，周运走到他身边，向他伸出手，热情地说："我叫周运，欢迎你的到来！"办公室其他的八个人都站起来鼓掌欢迎他。李进有点不好意思，但几年的工作经历已经让他颇为沉稳地面对一切。他向大家作了个揖说："请多关照！"

第一组的办公室约 160 平方米大,放有九张桌子,的确够宽敞的。

周运两年前从国外回来,今年 30 多岁了。他额头宽阔,浓眉下有一双目光如炬的大眼睛,给人留下了深刻的印象。他带着李进向同事们一个一个地介绍,然后说:"第一组的成员都是研究生以上的学历,个个知识渊博,并且非常敬业……"

周运那张精明能干的脸上洋溢着自信的微笑。这时,所长的手机响了。他听后马上向周运、李进告辞了。

周运马上召开了全组会议,告诉大家:"刚接到公司的任务,要制作 50 台可以前后左右行走 30 米的仿生送餐服务员,这是出口任务,是德国 W 公司定制的。计划 2018 年 6 月前交货。给研究所的时间是三个月内完成。"他停顿了一下,转动着那双大眼睛边思索边说,"我们要在两个月内完成设计任务,这个产品就叫'30m'吧。我们九个人分成三个组。每个组头一个月出方案,然后比较各自的优势;第二个月进行择优去劣完善方案;第三个月内出样品。"大家都欣然点头。

李进心里暗暗佩服周运的管理能力。从上午 8 点到公司,到 10 点 30 分就进入工作状态了,真是现代化高效公司。李进就这样开始工作了。

与李进合作的是两个刚毕业的研究生。一个是男生,名字叫余飞。另一个是女生,名字叫杨静。这两人人品都端正纯洁。他们都比李进小两岁，是从大学直接读研究生的，没有工作经历。三人碰了头分工后，就投入工作了。

对于设计餐饮机器人，李进并不陌生，因为他与国庆合作，成功设计了30米以内所有家用电器的电路控制器。设计上应该抓住什么要点，李进心里十分清楚。

才傍晚6点多，天空已经是乌黑乌黑的。李进到食堂吃完晚饭后，没有马上回公寓，而是好奇地到公司的后花园看了看。漆黑的夜晚，地面的射灯使整个花园显得静谧。他又抬头望了望天空，星辰点缀着天空，柔和的月光也将花园装点得别样安静与神秘。

冬天的夜晚是寒冷的，但此时的李进心里却像火一般热乎。他在花园走了20分钟，就转身回办公室了。他又一头钻进设计构思方案里去。

三天后，他将方案与余飞和杨静交流。这两个年轻人惊讶地发现李进速度之快。他们佩服李进思路敏捷和忘我工作的精神。

他们决心也像李进那样，早出晚归，全身心地投入工作。两个星期了，他们三个人合作得相得益彰。他们的设计方案基本大纲出来了，李进才松了一口气。这时已到了2018年元旦，公司连续放三天假。他想这两周加班加点，上周六日也没休息，元旦的中午应该与平安、国庆和李婷聚聚了。

元旦中午，他们四人一起吃了午饭。大家都兴高采烈地互祝新年万事如意。午饭后平安告诉李进，爸爸妈妈想请李进今晚到家里吃饭。头一回去平安家，李进有点紧张。国庆和李婷安慰他不用紧张。国庆说："你又不是没见过平安父亲，问题是带什么东西去见老丈人。"还是国庆想得周到，现在正好是冬天，建议李进给两位老人各买一件羊绒毛衣。李进连声说好主意。下午李进和平安跑到了厦江新城最好的商店，挑选了一件女装浅杏色的羊绒毛衣、一件浅灰色的男士羊绒毛衣，又买了一篮子水果和鲜花。

平安父母家离厦江新城开车要30分钟。买好了东西，李进坐进了平安的宝马车。平安开车，她脸上有些兴奋。一路上李进还是比较紧张。平安扑哧一笑说："你就当是去拜访一位老朋友就行了。"然后她放了一首李进喜欢听的音乐《天鹅湖》，又递给了他一片香口胶。李进这才放松下来。

平安家住在一个颇有名的别墅小区。走过几条弯曲宽敞的径道，径道两边都是些小树林、草地和鲜花。到了小区的中间，有两扇朱红色的大铁门。门口有两个大红灯笼。大门两旁还用红纸写了一副对联，右边是"全年顺景家兴旺"，左边是"四季平安福满堂"，横批是"平安出入"。这就是平安父母家了。

平安下了车，按了按门铃。一位年轻的小姑娘出来了，她亲热地叫了声姐姐好，就对里面喊道："阿姨，平安他们来啦！"说罢就将大门打开了。

平安坐上车，对着小姑娘说："红玉，新年好！谢谢你了！"她将车开进车库，与李进一起从车库出来，从大厅门口进入。

李进观察着这座别墅：别墅有三层楼，外表是由深棕色的砖头砌成，院子很大。前院的右边是一个金鱼池，左边是个小凉亭。小凉亭放有一张木圆桌和几张木凳子，可以坐六到八人，南北对流，夏天坐人好不惬意啊。平安知道李进想知道院子后面是什么，她悄悄地说："左边是一片花地，右边是一片菜地。我爸爱种菜，我妈爱种花，大家各占一半。"说着两人走进了客厅。客厅里最显著的位置挂着一幅名书法家的题词"言必诚信，行必忠正"，天花吊着水晶灯，地面铺着地毯，地毯上有一长两短的真皮沙发和一个大茶几。往里走是一个饭厅。

当李进刚打量完毕，林总夫妇走到客厅迎接他。李进还像过去那样与林总握了握手。他感到这种握手的感觉真好，这是一种别样的熟悉和相知的感觉。他感到林总的眼神是那样亲切，顿时，他紧张的心情彻底没有了。

林总夫人随和安详，容光焕发，脸色白里透红，原来的一头白发，现在自然变得灰青灰青的了，与一年前刚找到平安时的精神状态判若两人。她颇有气质地坐下来，亲切地打量着李进。

平安忙着磨意大利咖啡。她知道李进喝咖啡不加糖不放奶，喜欢喝纯咖啡。她磨好了一杯递给了李进。然后泡了一壶淡淡的红茶，分别递给了父母一杯，自己也倒了一杯，整个客厅充满了咖啡和茶的香味，很是温馨。这时小保姆端来了一盆洗净切好的水果，然后到厨房忙去了。

林总亲切地问："到了飞翔公司感觉如何？"

李进感叹地说："真是大公司，很规范！更让人欢喜的是专业对口。而且公司真是现代化，每个项目下来都要求有完成的时间，时间衔接得很紧。每天的日子很充实。"他又滔滔不绝地讲了公司近两年的工作计划，大家都听得津津有味。

李进又问林总："A3 手机的项目准备上吗？"

林总说："现在提供原材料等的条件具备了，已经找了一家公司合作，准备上了。"他继续说，"你留给公司的 A3 设计很完整，我们已将它作为技术入股，作为合作条件的 40%，并出少量的资金占 10%，对方出 50% 的资金。大家各占二分之一的股份。准备今年春节后投产。"

李进听了满心欢喜，连声说好。他又继续说："如果需要完善 A3 设计，我义不容辞。"

平安听了，喜上眉梢地说："你现在是为家里做事，这是自然的！"

这时已经 6 点多了，天已经黑了。红玉走过来说："菜都做好了，是不是可以吃饭了？"

林总夫人说："是啊。"

林总兴高采烈地拿出了一瓶中国红酒，他说："此酒收藏了 15 年了，是烟台生产的，应该不错。咱们今晚喝红酒迎新年，怎么样？"大家都说好。

红玉和平安将丰富的饭菜摆了一整桌，每只碗前还放了一个酒杯。家里共坐着五个人，平安的哥哥和嫂子去西藏了。

平安先是给母亲夹了一块鱼，给父亲夹了一只鸡腿，又给李进夹了另外一只鸡腿，给红玉夹了一块牛肉，边夹边笑着说："爸爸、哥哥、李进都喜欢吃白切鸡，三人又都喜欢吃鸡腿，以后咱家吃饭有竞争了。要不一顿饭做两只鸡？"说完自己都忍不住笑了，笑得是那么灿烂、幸福。

平安母亲高兴地流着眼泪说："以前过新年，每年都说一句，期盼今年找到玥儿。说了 23 年了，今年开始不用说了。"然后她又忍不住地哭起来。林总也忍不住红了眼圈。他说："孩子找到了，别再伤心，注意身体。咱们要开开心心的，还要等着抱孙子和外孙呢。"

这句话说得平安母亲终于止住了泪。平安和李进的脸不由得红了起来。两人不由自主都望了望对方。李进站起来为平安的父母夹了菜，又为平安和红玉夹了菜，然后自己大口吃起来，今天的菜做得真可口，他像在自己家吃得那样自然。

过了一会儿，平安给大家都倒了红酒。李进端起酒站起来敬平安父母，祝他们新年快乐，身体健康。平安父母也祝李进学业事业双顺利，好事连连！

平安含着热泪端起一杯酒祝福父母身体健康，祝李进万事如意。平安说完，还是忍不住泪流满面，因为期待与家人团聚的盼望来得太久了，触动了她曾经忧伤愁闷的日子。此时大家又是喝又是吃，又是哭又是笑，场面十分热闹。

李进拍了拍平安的背，轻轻地对她说："一切都过去了。别让爸妈再想起以前的事了，好吗，亲爱的？"平安的情绪平静下来了。

饭后大家坐在客厅，平安冲好一壶淡红茶，给每人倒了一杯，然后对李进说："晚上你就不要喝咖啡了吧，今晚又不加班，放松脑子。"

李进温和地回答："好，听你的！"

平安妈妈此时对李进说："你们认识时间不短了，年龄也不小了，都28岁了。平安是女孩子，考虑过什么时候结婚吗？"平安害羞地低下了头。

李进红了脸说："我去年底刚读博士，要读两年。又刚到新单位，等我在新单位工作两个月后转正，我再向平安求婚，举行一个仪式。至于具体什么时候结婚，我跟平安商量一下，再告诉你们，可以吗？"

林总说："可以，可以，男人以事业为重，晚一点没关系。"

接着李进才想起带来的礼物。他将买来的两件羊绒毛衣送给他们。林总夫妇比画一下，很合身，颜色也很好。两人都很高兴。平安说今晚是新年的第一天，她想与李进到厦江新城的广场走一走，听说那里晚上很美，但他俩从来都没去过。林总夫妇也十分赞成。

这时，平安母亲抱着女儿说："这两天放假，回家住吧。"

平安说："好的。"

李进也说："早该回家住了，有父母的感觉真好！"

说完李进忍不住红了眼眶。他赶紧低下头控制自己不让泪水流出。

此时全家人都不作声了，都知道李进又想起了自己的父母。

平安马上用永和村的方言说："酒香流唇间，人生五味足。释放昨天的伤心和烦恼，相信明天的天空更蔚蓝，畅享美好的人生。"李进想起上次在永和村过中秋节，他和妹妹猜得不伦不类的情景，想起这几句话的含义，情绪马上好转了。他们与林总夫妇告别，然后坐上平安的车到厦江新城去了。

一路上看到车窗外华灯璀璨，一派新年的气象，两人心情愉悦。

到了平安和李婷的公寓，平安放好了车，他们见李婷不在家，估计与国庆外出迎接新年之夜去了。平安说有样东西要送给李进，她拿出一件新买的深蓝色羽绒衣，叫李进穿上。李进穿上十分合身，十分暖和。他知道这是上好的衣服。李进一看，4000多元一件。他已经好久没穿这么贵的衣服了，他现在穿的是灰色海绵太空衣，地摊货，200多元一件。

他望着平安说："你现在是富家之女，还有车。而我还是个穷光蛋，你真的愿意嫁给我吗？"

平安望着他说："我嫁给你是因为你有事业心，有才华，正直，我与你两情相悦。这些都是钱买不到的东西。不管如何我嫁给了我爱的人。无论你是贫穷还是富有，我永远不会变心。"平安的回答是那样朴实无华。

李进听了，感动地说："我最欣赏你的是温柔朴实、美丽能干，我会好好爱护你的。我一定努力工作给你一个良好的经济环境。"他又继续说，"五一节举办订婚宴，场面不要太大，就我们两家和我们要好的朋友和同事，大家也不必送礼。然后我们五一后选个好日子领结婚证。至于结婚，我现在还没有什么经济基础，没有房子，我又不太习惯住到你家去，结婚日子定在十一吧。到时我们租一套心仪的房子当新房。我相信今后我有能力有自己的房子。这样我心里会舒服很多。"平安听了，她懂得李进的自尊心，点头答应了。

这时已经夜晚9点了，平安拉着李进的手说："走，到厦江新城广场去看看吧。"李进此时柔情地望着平安，站在原地不动。平安去开门了。李进上前一把拉着平安。平安诧异地看着他。李进一把抱着平安，深深地吻着她。平安也激动地吻了李进。两个人激情四溢，十多分钟后才停下来。李进兴奋地说："这是我送给你的新年礼物！"

第九章　激流勇进

　　2018 年元旦，李进休息了一天，次日上课。第三天虽是休息日，但他主动回公司无偿加班。研究所的饭堂除春节外，平时都开餐。

　　对他来说，时间怎么这么少，怎么过得这么快。

　　今天他早餐后到花园溜达了半小时，感觉清新的空气扑面而来。1 月的花园虽不是绿树成荫、万紫千红，但青松树和梅花开得是那样茂盛，仍花香扑鼻。今天没有太阳，凛冽的寒风像刀子似的刮在他脸上。还好，他今天穿了一件新羽绒衣，身上挺暖和的。

　　他回到办公室，打开电脑，泡了杯咖啡，又到图书馆查阅了资料，根据元旦前制定的设计大纲又进行了细化，进一步提高控制的能力，要有人性化、可以辨识顾客的需求，传感器顺畅灵活……他喝了一杯又一杯的咖啡，吃了一包又一包的饼干。

直到傍晚他才到饭堂吃饭，然后又一直忙到深夜。

第四天大家都回来上班了，李进与余飞和杨静交流了意见，他俩一致认为李进细化设计做得很好。三人又进行了核算并依据图纸做了虚拟试验。

10天过去了，三个组都拿出各自方案进行比较。经过比较，都认为李进这组设计的"30m"设计方案比较出色，优点比较多。周运这组也有他的特点，可以与顾客简单地对话。另外一组的外观、设计特别，很接地气。周运组长笑着说："李进小组优点比较多，就由他们综合大家的优点，择优去劣，制订一个全新方案。三天后发给大家。每个组再进行计算核对，或者有什么更好的意见再补充。"

三天后，李进小组的书面方案出来了，在网上发给大家。大家经过两天的审核没有意见，周运就带领三个组到实验室做模拟试验了。试验除了语言传递不太清楚，其他的都符合原来的要求。李进增加了一个语音对话的软件，所有的问题都解决了。

2月，一组将"30m"的设计方案交给了公司的小试工厂，制成成品及控制器。一周后，一个与人体一般高的送餐机器人出现了。它面容清秀俊丽，询问和回答顾客问题时都笑容可掬。顾客与它的对话在餐饮范围内全都没有漏洞。以往的送餐机器人一般由人工服务员根据客人需求下单，由它送到客户位置。但这款机器人可以直接接受客户的下单，直接到厨房。它还可以与顾客对话，接受临时的更改意见，而且随叫随到，速度行走比较快，前面有人它还可以主动谦让。

这种个性化程度较高的送餐机器人，是飞翔公司出的第一款产品。它的控制器结构先进又特别简单明了，在直径 30 米范围内前后左右都可以控制，达到了世界先进水平。

2018 年春节就要到了，周运计划假日回来再到小试工厂做一次试验。如果没问题就可以交给工厂生产了。

放假前夕，每人都收到公司的新年慰问信和一大包年货。研究所的是李姐推着车亲自送上来的。她代表公司向大家拜个早年，祝新年气象万新。她笑呵呵地说："你们所年轻人多，趁春节回家，看看父母，也谈谈恋爱。我们公司提倡的文化之一是爱家。祝各位家庭幸福。节日后人事部准备组织一个迎春联欢会，大家可以彼此认识一下。谈恋爱、谈工作都可以。"说得大家都拍手叫好。李姐依然带着爽朗的笑声走了。

下班了，明天就是除夕了。李进拿着年货独自走到花园。他特喜欢花园里的青松树和梅花，所以一有时间就去看看。

他现在才发现花园的另一头有一个亭子，亭子里面有几张凳子。他赶紧走到亭子里坐下，思量自己才来了两个月就出样品并且小试成功。他想到林总说的现代化的高科技必须有一支强大的团队和各种力量，只有这样，个人能力才能实现，这一次他深切地体会到了。他还想，上次与国庆一起创业，研究了30米以内控制的电路板，这次也发挥了重要作用。与国庆一起创业，没有白干，有很大的收货！看来人只要精诚付出，就会有收获。

他此时不仅舒畅、快乐，还有些激动。这时手机响了，平安来电话了，告诉他一会儿到他的公寓见。他一看时间，快晚上七点了。

到了公寓，平安也正好到。她脱去大衣，里面穿的是一件粉红色的羊绒薄毛衣，勾勒出丰满的胸脯和细小的腰身，曲线十分动人。她也帮李进脱去了大衣，见到李进脸上喜气洋洋的，她问："是不是试验成功了？"李进含笑点点头，平安一把抱住李进，高兴地跳起来。李进也搂着平安，吻着她的脸庞，然后一把抱着平安到他的床上，吻着她的脖子和乳房，此时一股洪流般的激情，一下子奔涌出来。

他脱掉了平安的衣服，柔情万般地问："我能吗？""你当然能！"她羞怯而坚定地回答。李进有力地抖动着，平安幸福地呻吟着。

这晚，李进和平安点了外卖，第一次在李进的公寓里过夜，两人一直缠绵到凌晨。中午平安先起来了，看到自己脸色红润，精神焕发，双乳更是挺拔了，她有点不好意思。李进因为近期研究工作繁重，加上昨晚的劳累，现正睡得香甜香甜的。到了除夕下午3点多，平安才叫醒他，要到父母家吃饭了。

从除夕到初六，放假七天。除夕过去是在永和村过的。今年平安要在父母家过，舅舅和冯姨还有哥哥嫂嫂也在父母家过。她还建议李婷也来，但李婷说她今年要去国庆老家过。

李进和平安在去平安父母家的路上，买了一大堆过年的肉菜及年货。到了平安家门口，李进还没下车按门铃，大门就自动开了。门口站着一对30岁左右的年轻夫妻，他们满脸笑容地拍着手说："欢迎欢迎！"平安不由得大声喊："哥哥嫂嫂！"她下了车，拉上李进将他介绍给哥哥嫂嫂，又介绍他们给李进，"这是我哥，叫林斌，我的嫂嫂王淑雅。"哥哥说："到屋里坐吧。"并帮他们一起把东西搬到厨房。

舅舅和冯姨也乐呵呵地出来迎接他们俩。平安和李进向二老问好。平安还禁不住抱了抱舅舅和冯姨。舅舅和冯姨到厨房去忙了。红玉回家了。嫂嫂忙着磨咖啡，因为丈夫、自己和李进都爱喝咖啡。嫂嫂磨完咖啡后，给平安也冲了一杯红茶。四人都坐下来了。

李进不由得打量起林斌。他长得真像父亲林总，身材修长，文质彬彬，一派学者风度。嫂子王淑雅的气质与其名字很是相符，又贤淑又文雅。

林斌赞扬地说："早就听说你了，高才生。也听说你们家的过去了。你走到今天真不容易啊，都可以写部小说了。成功不代表有多少财富，真正意义上的成功是遇到困难从容不迫，有坚定不移的目标，蕴含着让人敬佩的价值观。佩服你啊！"

李进听了这么高的评价不好意思了，他说："我是磕磕绊绊走到今天，离精神丰盈还差得远呢。"

然后他又由衷地说："平安在我困难的时候给了我不少的帮助。我当时就有一种直觉，平安不是生在一个普通的人家，她的父母一定是正直善良并有文化修养的人。"

听到李进提及平安后，林斌沉重地说："我比妹妹大两岁。当年我6岁，中秋节那晚父母带我们一起去看花灯，平安头发长得不好，医生叫她剃光头，这样以后头发会长得好些。平安才4岁，长得挺高，当时像个小子。歹徒以为她是个男孩儿，趁我们不注意抱走了她。这20多年，我们心里都很沉重，一直在寻找她。"说着眼睛里充满了泪水。淑雅也忍不住落泪。平安被触动了当年的痛苦，也哭得泪水涟涟。

李进赶紧站起来，用手帕为平安擦干泪水。他拍拍她的背，对着平安的耳朵轻轻地说了一句话，平安就不哭了。然后他转身对大家说："今天过年，一切都过去了，大家都讲高兴的事吧。"

他问林斌在什么地方高就。林斌此时情绪已经恢复了，他说："我在厦江市二中当校长，夫人也在二中当高三数学老师。"

"哦，老师是学生的启蒙者，是希望和幸福的播种者。"

李进由衷地赞美说。

平安说："二中还是厦江市的重点中学呢。"

林斌说："这两年，我和夫人到西藏昌都支教去了。昌都的平均海拔是 4000 多米，刚开始去头一个月根本受不了。后来接受医疗训练和鼓励自己，才逐步习惯了。昌都约 76 万人口，处在商贸往来的中心地带，素有藏东明珠之称，也是革命老区。昌都地大物博，风景优美，国家也投入了不少经济建设，但教育上还需要进一步重视和投入，那里的人群已经比较集中了，但高中集中教学仍有困难。我们在那里两年就协助政府建了一所集合初中与高中的中学，培养孩子们的求学欲望是我们首要的目标。"

林斌喝了一口咖啡，停顿了一下，思虑地说："虽然国家对昌都从经济上投入了很多，但更重要的是激发当地的年轻人自力更生，用知识更科学地去建设更美丽的昌都，这才能形成良好的造血功能。我们是 10 天前刚从昌都回来的。西藏与内地教学差距很大，不能同步。我们编制了相应的教材，教育部也予以了很大的支持，以后我们每两年去一次。"李进听后明白了，他心里很是敬佩林斌伉俪。

这时已经是下午 5 点多了，林总夫妇又买了一堆菜和年货回来，四个年轻人赶紧帮忙拿到厨房去。林斌说："我做几个菜你们尝尝！"李进说："我不会做菜，我打下手吧。"于是四个年轻人在厨房帮着舅舅和冯姨做饭。他们又是聊天又是切肉杀鱼，好不热闹。好在厨房够大，有 18 平方米左右。傍晚 6 点多，做好了菜：海参红烧牛肉、白切鸡、梅子鸭、红烧海鱼、红烧大虾、大葱炖羊肉、蒜香排骨，还有两个素菜和鲍鱼紫菜鸡蛋汤，一共九菜一汤。

林总还兴致盎然地拿了两瓶收藏十年的长城干红葡萄酒。林家这次真正全家团聚了，这是 20 多年来的第一次。平安仅试了一口酒，就不敢喝了，因为待会儿要开车。大家好不欢喜，吃得酣畅淋漓。两瓶葡萄酒很快喝光了。

平安说："大家看春晚吧，我好久没和你们一起看春晚了，"看完春晚，已经凌晨 1 点了。

平安上前搂着妈妈撒娇地说："妈，春节放假头四天，我到李进公寓陪他，他白天还要听课，后三天我回来陪你们。冯姨和舅舅也不要走，我们每天都过来吃饭。今晚我就到公寓陪他，好吗？"李进有些不好意思地低下头。妈妈微笑地答应了她。平安快乐地抱着妈妈吻了吻，又抱着爸爸吻了吻。

春节后上班的第一天下午，公司就召开了迎春联欢会，各个部门都踊跃参加，大家都兴高采烈地在联欢会上拜年叙旧。

在会上，一个男青年叫住了李进，他自我介绍："我叫陈东可。"

哦，李进想起来了，是何慧云的丈夫，他们结婚有四年了吧。陈东可主动与李进握了握手。他又自我介绍说："我在飞翔公司售后服务部工作，来飞翔工作三年多了。听说你刚来三个月，在研究所工作，是高才生啊。我家慧云常常提起你。"说着他停顿了一下，有些酸酸地说，"她至今还忘不了你。"李进虽跟陈东可在一个大学，因不在一个专业，没有任何印象。他打量着陈东可，约一米八的个头，身材高大，肌肉健壮，相貌英俊，嗓音低沉，脸上挂着自信的微笑，颇有些公子哥儿的习气。

李进也热情地说："认识你很高兴，请多多关照。我已经几年没见何慧云了。她还好吗，在哪里上班？"

陈东可停顿一下说："她还好，在市政府外事办公室上班。"

陈东可有些紧张地问李进："你结婚了吗？"

李进有些不好意思地说："我现在一无所有，已经有未婚妻了，计划年底结婚吧。"

陈东可这会儿笑了，说："你是该结婚了。咱们公司鼓励爱家，就是要求家庭和睦，守住自己的妻子或者丈夫。小家好大家才能好，不要对家庭三心二意。"

"你说得对，飞翔公司的企业文化让人很有归属感。"李进也赞同道。

陈东可主动要了李进的手机号码说："咱们也保持联系，有空一起坐坐。"

"可以。"李进笑着回答。

2月28日，人事部李姐通知李进试用期两个月已过，研究所对李进工作满意，同意签长期合同，请他现在到人事部先签五年的劳动合同。从2018年3月开始，他每月工资就是2.8万元了，以后每年递增，并有年终奖金。李进高兴地将该消息告诉了平安，叫平安告诉父母和李婷以及国庆。他有空再请大家吃饭，现在忙着呢，博士课也得接着听。平安高兴地在电话里吻了他一口。

3月底，小试已成功完毕，全部符合设计方案，已交给工厂生产。工厂先生产了10台，经过研究所第一组的调试全部合格。然后继续生产40台。4月最后两天，50台"30m"全部生产完毕，如期交货。

5月来到了。翠绿如茵，鸟语花香，各种绚丽多彩的花朵竞相绽放。春日的阳光，温暖而舒适。

5月1日中午，李进在厦江新城的新世纪大酒店摆了三桌宴席，请了平安全家、舅舅、冯姨、李婷和国庆，还有给他输血的厦江大学的部分学生、平安公司五人、研究所所长和李姐及一组全体人员。在宴会上，他感谢大家的关照，并宣布今天是他和平安的订婚宴，准备在十一结婚。大家都兴高采烈地献上美好的祝福。

当天晚上，两人手拉着手亲热地走在厦江新城的马路上，李进望着光彩照人的平安，柔和地说："我准备送一个钻石戒指给你，在10月1日的婚礼上送吧。现在买我手里钱还不够。9 月下旬找一天去买，你挑个喜欢的吧。"他感到自己捉襟见肘，有些不好意思。

平安温柔地回答说："要不要戒指都无所谓。有钱就买，没钱就算了。我倒是希望，你将在地摊上用 200 元买的灰色海绵太空衣送给我，这件衣服见证了我们在永和村艰苦奋斗和相识相知相恋的难忘时光。"

李进听了，感动地说："那件太空衣我送给你。钻石戒指更应该送给你。"

五一放假三天。除去五一摆酒那天，5 月 2 日，李进又听课一天。李进和平安一直都住在李进的公寓里。从春节起两人快三个月不在一起了，现如烈火烧干柴，一番云雨后，两人心旷神怡。李进接过平安递给他的一杯温水，一口就喝完了，然后心满意足地说："这比爬山还要累。"说完他一下就睡着了。

第十章　勇攀高峰

过完五一假期，李进神采飞扬地去上班。刚走到办公室，周运就高兴地向他打了个招呼。他上前拉着李进的手，那双浓眉下目光如炬的眼睛更显得明亮透彻，他自豪而又神秘地告诉李进："那批 30 米移动餐饮服务员，用户使用后反映良好，都说达到世界先进水平。他们要求再订 60 台餐饮机器人，技术指标要求扩大到 60 米的前后左右行走，任务可能交给咱们一组完成。你是主力，又要辛苦啦。"

过了两天，市外办和公司办公室的人来研究所了，转达德国 W 公司的请求，希望飞翔公司能够再次圆满地完成这个新任务。

何慧云也随市外办人员到研究所来了。她见了李进，竟忍不住当众流下眼泪，拉着李进的手不放，搞得李进不知所措。周运赶紧拉着李进，叫李进请慧云去小会议室，让别人看见影响不好。李进只好拉着慧云的手到小会议室，问她怎么了，然后拿出纸巾叫她擦干泪水。

慧云说："听说你们五一在新世纪大酒店举办了订婚宴？"

李进说："是啊。我和平安已经认识七年了。"

慧云又问："她还长得很漂亮，是个富二代？"

李进笑了："我们一开始认识时，她也不是什么富二代，唉，一两句话也说不清。你到底要干什么？你再哭我就走了。这是上班时间，影响不好。"

慧云此时倒是不哭了，全身浓浓的香水味也没有了。

她告诉李进："四年前我跟陈东可结婚。婚后一年才知道他是个什么人。我每天回来他都要查看我的手机，盘问我跟谁往来，他不许我跟男人来往，即使是工作关系也不行。但凡晚上有个饭局，也不让我参加，或者在门口监视我。这个人表面和气，但心胸十分狭隘，报复心理很强。"

说完慧云提醒李进要提防陈东可。李进听了笑着说："你也太多心了吧，我跟他不在一个部门，他犯不着报复我。况且我们彼此都有爱人，没有理由报复啊。"

慧云说："我真后悔当初听了父母的话，虽然生活富足，但不爱他，我早就不想让他碰我，我们结婚四年了没有孩子。回到那个家，我不想跟他说话，他的父母说我不知足，什么也不用干，还一天到晚哭丧个脸。只有他家的保姆韩阿姨体谅我。我现在基本回自己家住，我父母也很无奈。"

慧云肌肤虽然如霜如雪，但脸上十分憔悴，年纪轻轻的已经有几丝皱纹了。李进此时有些心疼地看着她，跟她说："陈东可是爱你太深，你们好好聊聊吧。"

慧云问："你还是以前那个电话号码吗？"

李进说："是的，有空我带上未婚妻与你俩聊聊，是不是会改善你们的关系呢？"

慧云微笑中带着一丝悲伤地回答李进："不可能。"这时外事办人员叫她走了。李进淡淡的忧愁凝于眉间，看着慧云，彼此挥手告别了。

德国 W 公司要求生产该产品五个月完成。现在是 5 月初，则在 2018 年 10 月前交货，交货数量 60 台。所长李光宇安排还是由周运第一组完成。周运还是按以前的方案，三个组各出一个方案，一个月后汇合讨论，择优去劣。虽然成功做出30 米内移动的餐饮机器人，但扩大到 60 米，许多程序和结构上要改变，甚至原材料也要改变，困难还真不少。但第一组下决心要做出来。大家都称这个产品为"60m"。

李进与余飞、杨静一起研究时，李进提出了一个大胆的构想，按 80 米移动进行设计，这样有回旋余地。余飞、杨静也十分赞同李进的意见。三人一起到了省自动化研究所咨询有关专家，又到省科学图书馆查阅了资料。尤其是李进，常常为思考一个问题，坐在花园的亭子里，一坐就坐上一个上午，像木头人一样。他忙起来经常废寝忘食，然后在电脑上不停地做各种设计。

一个月后，李进小组的方案出来了。周运与另外一个小组的方案也出来了。比较起来，还是李进小组的主要优点多，尤其是按 80 米移动的思路，保证了 60 米前后左右灵活移动，这个关键问题解决了。但李进小组语言不是那么流畅，周运这组语言交流流畅。外形设计上另外一个组做得大方可爱。周运叫大家都在三个组的基础上取长补短，再分别出三个方案，6 月中旬拿出结果。

6 月中旬，三个组在大会议室的投影仪上分别展示他们各自的 App，共同交流。最后基本采纳了李进组的方案。"60m" 比 "30m" 只多了一倍行走的功能，结构和材料上却复杂多了。第一组九名人员团结奋斗，精诚合作。李进十分喜欢这种工作氛围，自己的水平也不断提高。所以 6 月底，"60m" 在研究所小试成功。7 月中旬，交给工厂试制了两台。除了语言交流声音小，其他都符合要求。他们又马不停蹄地进行了修改。7 月底交到工厂试制了五台，都符合标准。8 月初全部正式生产。

8 月正是厦江最热的时候，也是绿意蔓延最多最茂盛的日子。浓夏的韵味已经一点点晕染开，从清浅柔美的花香水青，慢慢演变成浓墨重彩。8 月的美是夏的瑰丽，洋溢着青春的气息。

一天，李进正在上班，接到了平安的电话。平安说："明天是星期六，今晚回你的小公寓吧，有事相告。"平安的口气神神秘秘的。晚上平安煮了一锅汤，买了一些熟食和菜放在桌子上，自己却躺在李进的床上，无精打采的。李进8点多才回到家，看见青菜没炒。平安虽精神差，却隐藏不住内心的喜悦。她对李进说："知道我要告诉你什么吗？"李进猜了半天没猜着。平安说："你要当爸爸了！孩子已经快四个月了，还是两个！"

李进一听，欣喜若狂地跳起来，又问了一遍："这是真的?!"

"真的！"平安将化验单给李进看。

但下一步怎么办？经过一番思虑，李进说："我这里任务接连不断，咱先把结婚证领了。有些事请李婷帮一下忙。你现在需要营养，建议你住在父母家。我现在因为工作繁忙，学习任务重，无法帮你，以后读完博士会好一些。还要紧张一年多。"李进又拉着平安的手诚恳地说，"以后工作进入状态就不会那么紧张了，你理解吗？"

平安愉悦地说："我能理解。我一个人先回父母那里养着。"说完李进赶紧洗菜炒菜。平安还算好，怀孕胃口没受什么影响，挺能吃。吃完饭，李进收拾完碗说："你先在家里住着，等生完孩子，我们在厦江新城租一个三房二厅。请冯姨来帮忙，再找一个阿姨。这样撑几年，我争取在公司分到房子就最好了。"然后他抚摸着平安的肚子说，"孩子们啊，爸爸妈妈希望你俩多吃多睡，出来都是健康宝宝！"两天后，他们领了结婚证，并将喜讯告诉了平安的家人、李婷和国庆，大家都很高兴。平安父母马上将女儿接回家去住了。

真是好事连连，李进的研究工作也顺利进行。9月中旬，"60m"全部生产合格。它们的实际控制距离达到65米。按订货商要求，它们高达一米七，共60台，送往国外。看着这一个个俊朗、帅气、端庄、专注、明眸、风度翩翩的餐饮服务员，第一组成员颇有成就感，都欢天喜地的。这批餐饮机器人也达到了世界先进水平。

李进忙着做科研，忙着读博士，又计划十一举行婚礼。但分身乏术。平安怀孕已经六个月了，行动也不方便。李进委托李婷和国庆帮忙，征得平安父母同意，安排10月1日晚在世纪大酒店举行婚礼。

更可喜的是，平安照了B超，是双胞胎，预产期是2019年1月底。平安穿着婚纱，肚子特别大，很特别。她欣喜万分，灿烂的笑容，如星斗般璀璨，幸福的脸庞如同朝阳中盛开的花朵。李婷代哥哥挑了一枚钻石戒指，是南非生产的，雍容华贵。在婚礼上，李进倾心地给平安戴上戒指。大家都纷纷送上了美好的祝福。婚礼上，平安小声地跟李进说："你该改口叫我父母爸爸妈妈啦。"李进点点头说："是应该的，但开始有点儿不习惯。"

林总夫妇心花怒放，他们知道李进工作忙、读书忙，为外孙们的出生布置好了房子和各种物品。李进快要当爸爸了，已经有一个温馨的家了，工作也顺利。他感到天空是那么蓝，风中充满芳香。他心中喜悦满满、志向满满、信心满满。诗意、畅顺、如醉，都汇成了一股美丽的思绪，期待明天的美好。

飞翔公司10月又收到了30台仿生护理老人机器人订单。该产品是出口到欧洲的，要求2019年6月交货。这个任务比前两个项目难度更大，研究所还是把它交给了第一组完成。

因为工作，李光宇将周运调到飞翔另外一个分厂的研究项目组任组长，委任李进接替周运为第一组的代理组长，全面主持这个项目，又从其他组调进一个学自动化的男研究生。李进接到任务后，感到有些棘手，以前和周运合作愉快，也能与周运分享挺多的东西。但他还是下决心尽力完成工作。

李进建议还是按原来分工，分三个组，各出一个方案，两个月后碰头进行比较，择优去劣。

项目刚开始，李进和第一组的全体同事一起研究这个新课题。大家的基本意见是要从线路设计和新材料入手，并提高控制器的敏感度。

余飞说："我有个同学在上海浦东的一个厂家，正在做医疗护理机器人呢，其难度比我们这个高多了。他们曾经生产过护理老人的机器人，是否先去上海这家厂看看？"

杨静也说："我有一个同学在北京中关村，也在搞仿真技术。"于是，征得所长同意。他们第一组第二天就前往上海、北京参观学习去了。回来后，李进还组织大家到养老院参观，并与护理员做了交流，了解老年人的需求。通过各种参观学习，大家在设计上受到了很大启发。

李进认为要做出自己的特色，注意细节，大家要保持沟通，可以跨组，可以组与组之间随时交流。大家都觉得这个办法好。有了去上海和北京的见识和以前成功的底气，又目睹了养老院的实况，大家干劲十足。

研究所的工作历来很紧张。所长李光宇交代食堂要为研究所的工作人员开夜餐到 10 点，届时要提供热乎乎的饭菜、面食，还有新鲜的水果等。

2018 年 12 月底，第一组三个方案出来了。他们请了所长李光宇到现场指导。在会议室，大家面对着大屏幕展开讨论。经过对比，还是李进那个组优点比较多，尤其是在设计上，李进那个组很先进。其他两个组也各有特色。李进要求用 10 天的时间，三个组取长补短，各自都拿出最好的方案出来。2019 年 1 月 10 日再讨论一次。

2019 年元旦，李进搬到了平安父母家住，因为平安还有一个月就要生产了。由于是双胞胎，平安行动十分不方便。他们请了冯姨帮忙，还另请了一个保姆。新年了，平安父母家喜气洋洋，热闹非常。冯姨忙着做产妇吃的米酒等，李进最重要的任务就是陪平安散步，陪她聊天，让她轻松愉快。

平安的电商工作暂时委托另外一个同事管理了。

就要当爸爸了，新产品又在研发关键时刻，博士又要考试，李进每天时间都安排得满满的。尽管都安排得井然有序，但他忙得常问自己，时间都到哪儿去了？

原来打算在外面租房子住，因为没时间，况且平安在父母家住的确方便，所以暂时搁置。现在由于住在平安家，李进上班远了，只好开着平安的宝马车上下班。

2019年1月10日，第一组护理机器人讨论会在会议室又展开了。李进先做了这个产品设计的主要介绍，比较了三个组的方案，他让大家再进一步讨论。大家对着大屏幕逐步分析，发现护理机器人扶着老人走进浴室时，没有抬脚功能。大家马上改进了设计，并增加了一项新材料，模拟问题解决了。所有问题都达到目标了。在这次会议结束的时候，李进要求大家将每一个设计环节再斟酌一下，力争做到最好，如果发现问题在小试之前还可以更改。1月25日，这批产品送到研究所小工厂试验，由于缺某些材料，要春节后才能出结果。

此时李进请了几天假，因为平安要生孩子了。1月29日平安终于生下了龙凤胎。第一个是男孩重六斤二两，第二个是女孩重六斤。林总夫妇喜上眉梢、满面春风。至亲们都欢天喜地地到医院贺喜。三天后，两个孩子都指标正常，他们都回到姥爷家了。

李进现在每天开着宝马车回家看望孩子。他将自己的工资卡交给平安使用与保管，因为他工作平时应接不暇、废寝忘食、没有规律。他现在的工资每个月有几万元了，加上年终的奖金，养育一个家庭没有问题。

李进告诉平安："我们的孩子，我们自己养，父母已经给我们很大的帮助了。我们尽可能不要用老人家的钱。以后冯姨和舅舅养老，我们都要承担起来。"平安点了点头，她懂得李进的孝顺和自尊，李进现在也有稳定的经济收入了。安排好家里的事后，李进又一头投入工作中了。

2019年2月，春节来得早，2月11日就上班了。因为过年，工厂放假时间长，新材料还没到，直到2月底新材料才到。研究所的小工厂才开始试验。试验结果理想，他们交到工厂试制了三台，达到了要求。为了进一步做好模拟试验，他们将这三台送到养老院，给三位比较健康的老人家试用15天，其使用结果比原来的设计还要满意。于是4月初方案交到大工厂生产。5月护理机器人如期完工，6月前准时交货了。

第十一章　百味杂陈

30台护理机器人终于研制成功了。当它们离开工厂前往欧洲的时候，研究所的人员依依不舍。因为每一个护理机器人的模样不尽相同，说话声音也各有各的特点。30台护理机器人质保期三年，超过质保期可以送回厂家修理。

一个月后，研究所收到两封来自欧洲的投诉信，内容都是指控遥控器失灵。

第一个投诉是护理机器人在倾听老人说话时突然不停地打老人家，一直打了十多分钟。该老人家是坐轮椅的，被打得鼻青脸肿。

第二个投诉是护理机器人给老人送牛奶时将滚烫的牛奶洒在老人身上，幸好老人穿的是厚厚的衣服，没有烫伤皮肤。

这两起投诉意见，李光宇和李进收到信息后，感到既沉重又奇怪。

他们向售后服务部门要这两位老人被打伤和被弄湿衣服的照片，他们说没拍照。这些都是要求家庭安装的，属于产品跟踪服务的一项，为什么都没有？李光宇和李进都陷入了沉思。他们反复检查该设计上可能出现的问题。

这时李姐也来研究所了，她提出研究所应到售后服务中心看用户直接的反映。看一看具体是哪一名用户，地址在何处。李姐这么一说，李光宇明白了。李进倒不明白为什么要这样做，难道不相信售后服务中心？

李光宇和李进直接到了售后服务中心，看客户的来信意见。看见李所长亲自驾到，陈东可有些慌张。

当打开电脑一看，这两项指控是由国内一家叫宏业的公司统一发出的，发来的根本不是欧洲原发生地的具体用户。而飞翔公司售出的产品都建立了档案，因为担心老人家说不清楚，所以都要求购买者有监护人的联系方式，如发生问题可以找到原因。

李光宇严肃地问陈东可："欧洲的用户为什么由宏业公司统一转发意见？为了检查我们的质量，研究所将向这30名的机器人发出传感信号。但凡有点问题的，敏感度中的数值会发生变化。同时，向30名老人的监护人发电子邮件，咨询在使用上遇到什么问题。"

陈东可听后，脸一阵红一阵白，但他的脸上仍带着微笑，装得很轻松地说："好啊，你们这种工作负责的态度值得学习。"

两人回到研究所，李姐还没有走。她告诉李光宇和李进："陈东可来飞翔公司，当时是不想要的，他虽然有毕业证书，但各科分数的正本他说不见了，提供的是复印件。人事部发现复印件里的分数有将刚合格的低分数篡改为高分数。另外，前年陈东可也伪造了工业机器人的投诉意见。由于其父是博大集团的董事长，跟飞翔公司有点工作关系，我们才给他一点面子。如果查实这次陈东可在造谣生事，人事部则请示公司对他做除名处理。"

李光宇、李进听后一阵沉默。特别是李进听后一阵难过。他去冲咖啡的时候，差点被热水烫伤了手，他希望陈东可这次不要再犯错误了。因为陈东可犯错，会影响到慧云。尽管他跟慧云没有爱情了，但他们毕竟是好友。

李光宇当即布置了调查研究的有关工作，要在三天内有结果。

当天晚上，李进回到公寓，接到慧云的电话。慧云要求马上见李进，说有要事商量。李进说已经晚上9点多了，有什么事就在电话里说。慧云不肯，说一定要当面说。李进推说身体不舒服，说明天再见面吧。

李姐说过陈东可的过去，让李进有了警惕。

现在的李进已经不是过去的李进了。今天看到、听到的一切，让他觉得与慧云见面不是一个普通的会面。慧云人很单纯。果然慧云又打电话，问李进住在何处。李进说在朋友家，今天不在公寓住。

慧云直说了，她先是哭泣了一会儿，说陈东可今天晚上告诉她，是他伪造了两个客户的投诉，估计会查出来。查出来陈东可的工作会保不住。他请李进叫李光宇不要查了，他以后再也不做这种龌龊事了。请他们放过他一马。

慧云此时也不哭了，她愤怒地说她不是真想帮陈东可，他的人品她早就知道了。她早就想跟他离婚了，但他一直不肯离。这次陈东可说只要李进能阻止研究所追查，他一定与慧云离婚。

慧云请李进帮助自己脱离苦海。

听见慧云这样恳求，李进沉默了。一方面他同情慧云，也觉得慧云真可怜，过去曾经的爱情留下了美丽的轨迹，那份美好依旧闪耀在他的心头，他更不忍心陈东可这样欺负慧云一辈子。但如果以放过陈东可的代价帮助慧云，他认为是对科学的不尊重，是对公司的不尊重。他矛盾纠结、心情复杂，甚至有点儿犹豫不决。

经过内心斗争，李进最终做出了决定。他电话告诉慧云："你的要求我无法做到。陈东可应该对自己的行为负责，他只要主动认错，应该没多大问题。至于你跟他的婚姻是否继续，他如果能改，还是不离婚为好。"然后就放下电话了。

研究所在李光宇的领导下，查出以下结果：从天眼查到宏业公司的电话，对方说他们是发了两个邮件到飞翔公司，是陈东可叫他们伪造的，因为宏业公司是博大集团的下属单位；向这30名机器人发出的敏感度数值全部在正常范围内；研究所给这30名监护人发出的电子邮件，都回答正常。

这件事，也让李光宇和李进认识到要健全几个问题：但凡客户投诉，必须附有视频或者照片及有关依据；在保修期内，生产商要定期发电子邮件了解产品质量，请监护人及时回复；另外，以后再生产这种人性化如此高端的仿真机器人，要建立一个黑匣子，何时何地发生任何事故，所有的记录都进入黑匣子。就像飞机发生事故一样，有依据可查，从而更进一步提高产品质量，保护客户权益。

过了几天，李姐告诉李进，慧云住院了。原因是慧云自杀没有成功，给抢救过来了。

李进听后很震惊。

原来陈东可见慧云帮不了忙，就骂慧云还在爱恋着李进，骂了许多不堪入耳的话，并且动手打了慧云。慧云的手臂和脸部都被打青了。陈东可的父母也对慧云冷言冷语，说她是不会下蛋的母鸡。慧云要求离婚，陈东可又不愿意，一气之下，慧云服用了大量的敌敌畏。好在服下不久后被韩姨发现了。韩姨马上打电话给120，并打电话给慧云的父母。医院马上给慧云洗胃，将她救过来了。慧云的父母对陈东可早就不满，这次事件让其父母悲恸欲绝。慧云出院后直接回自己家住，父母坚决要求其离婚，并同时起诉陈东可打人行为。

何慧云与陈东可终于离婚了，何慧云没有起诉陈东可。

陈东可被飞翔公司除名了。

李进听到慧云自杀这件事，心里十分难过。他买了补品和鲜花，和李婷一起到了慧云家去看望她。

慧云的父母见了李进很不好意思，兄妹俩仍然热情地叫道："叔叔阿姨好！"

李进安慰慧云说："每个人都难免会遇到挫折。八年多以前，我们的父母突然去世，我和妹妹当时觉得天都要塌了，但还是挺过来了。希望你早日康复，要坚强地生活下去。"

慧云听了，点了点头，平静地说："谢谢你们，我一定会坚强的！"接着她说，"其实我很喜欢孩子，打算身体养好了，就辞去市外办的工作，到云南当一名乡村小学老师。过内心丰盈的精神生活，让自己活得更有意义，这次，我要为自己活一回！"

兄妹俩听了感到既突然又敬佩。

李进沉默了一会儿，不由得回忆起慧云总喜欢买各种各样的洋娃娃。他温和地问慧云："你考虑清楚了吗？"慧云郑重地点点头，苍白俊美的脸上露出坚定愉快的微笑。

与慧云告别时，李进主动握着慧云的手，真挚地说："祝一切顺利！我们会来看你的。"慧云感激地对李进点点头。

李进叫李婷坐宝马车，送她回办公室。她的办公地点也在厦江新城。李婷上车后高兴地告诉他，自己怀孕三个月了，2020 年 1 月是预产期。李进听了，不禁大喜。

这时研究所余飞来电话，说所长通知开会，问他能否半小时内赶回来。现在是上午 11 点，所长下午要到北京开会。李进回答说没问题。

李进马上拨通了国庆的电话，第一句话就说："恭喜你啊！准备当爸爸了。"

国庆用河南话诙谐地说："你生两个娃，我说不定也能生两个娃。我身体比你还强壮！"

李进忍住笑，说："有空再聊，照顾好我妹妹啊！"一路上李进又打电话给平安，告诉她李婷怀孕的喜事，并叫平安有空去看看李婷。他将李婷送回办公室后，叫她照顾好自己。

回到公司，研究所全体人员都集中在大会议室开会。李光宇所长代表公司宣读了有关表彰决定：一是表彰研究所第一组的全体成员，每人升一级工资，每人获得税后 10 万元奖金。二是李进荣获公司嘉奖证书，并任研究所第一组组长。宣布完毕后大家都欢呼鼓掌，感谢和恭喜李进。接着李光宇所长向研究所的每个组都做了工作安排。

散会后，李进趁吃饭的时间到一楼花园给平安讲了公司的决定，平安听了兴奋不已，马上在电话吻了李进好几下，说："今晚给你一个赏心悦目的庆祝！"说完她有些不好意思地笑了。李进听了心领神会，心里甜蜜蜜的。此时他感到饥肠辘辘，赶到食堂吃饭。

7月到了，清晨，李进仍像往常那样开着车去上班。厦江的城市越来越美了，绿化带越来越多了。窗外，草木特别旺盛，给人们撑起一片片浓浓的绿荫，万物竞相争荣。他感到心旷神怡。

突然他的手机响了，余飞在电话中，又急促又愤怒地告诉李进："今早打开手机，我看见名盛仿真公司公众号发出的内容是：我司已经获得飞翔公司研究所最新研发的产品护理机器人的设计，支付了有关技术人员酬金100万元人民币。"他叫李进赶快回公司。李进赶紧将车停在路边打开手机看，公众号上除了余飞告诉自己的信息外，还显示了电脑上 App 主要设计图和文字要点，同时还附有李进的讲解声音。App 显示的时间是 2019 年 1 月 10 日，地点在研究所会议室。同时还有李进的工资卡收取了 100 万元人民币的凭证。李进看了，知道这又是一桩陷害案。

昨天晚上李进正好参加博士课程单元考试，他 6 点 30 分听课，8 点到 10 点考试，考完试他才吃饭、洗漱、睡觉，根本没时间看手机。这时他马上打电话问平安："我的工资卡收到 100 万元人民币了吗？"

平安听了迷惑不解，她说："100 万？哪来的 100 万？"瞬间，她感到李进很严肃，知道有问题。她当即上网打开李进的工资卡，的确在昨晚 7 点钟的时候收到了 100 万元。

李进马上问她，"收到这么一大笔款为什么不告诉我？"

平安说："昨天下午女儿发烧呕吐，我从医院回来已经6点多了。我一直在喂药、护理、陪她睡觉，所以将手机调成了静音。"

李进拿着电话没有放下，在沉思着，工资卡进了如此大的款，她不知道是情有可原。昨晚这个时间他们俩正好都有事，真是无巧不成书。平安马上问："发生什么事了？"李进说："从现在起，我的工资卡所有的钱都不要动。你别担心，看好孩子吧。"说完他放下电话。

李进的心情十分沉重。这几年他经历了风风雨雨，甚至是暴风骤雨，已经让他遇事从容不迫。他继续开车，直奔公司。他告诫自己，清者自清，浊者自浊。一路上他在想，捏造这件事的人一定知道内部的情况，而且还知道自己的工资卡号。如此蛇蝎心肠将他置于死地，也许又是陈东可所为。否则又能是谁呢？

他吃完早餐回到办公室，打开手机又看到公众号多了几条评论："李进出卖科技成果，卑鄙无耻，已经触犯法律，应该追究法律责任，立刻逮捕，并予以开除。"此时一组的所有同事都围着他，气愤地说一定要查个水落石出，还李进一个清白。李进感激地看着大家，正想说点什么，所长李光宇叫他马上去他办公室。李进快步走到那里，李所长第一句话就说："我相信你没干这件事。但这件事策划得太周密了。如何证明自己的清白？你要赶快想一想。"

李进说："这个人设置很多依据，对我已是恨之入骨。我来公司不到两年，从没得罪任何人。能招来他如此仇恨，他会是谁呢？"李进很是困惑。

李所长说："是谁先不要想，首先想我们怎么找到证据证明自己是清白的。我们大家一起想办法。"

这时李所长接到公司保卫部门陈部长的电话，他说李进发生如此大的事，按照公司规定必须报案。因为上了公众号三天不做回应，会伤害公司形象。李所长沉默了一会儿说："容我们查几天，晚几天报案可以吗？"

陈部长说："报案未必是坏事，我个人相信李进没有做此事。让公安局帮忙，也是本着对李进和公司负责。"李所长只好同意了。陈部长马上到了研究所，两小时后警车来了，来了四位刑警。他们先拍照了会议室等有关地方。他们说不是逮捕李进，而是传讯，然后两名刑警带走了李进。

刑警告诉陈部长，如果顺利，李进24小时内可以出来。如果情况特殊，需要72小时，或者……余下两名刑警在办公室对研究所所长和一组的人员一个一个地传讯。

在公安局传讯时，李进明确回答："没有出卖护理机器人的任何资料给名盛仿真公司，请公安局查出事情真相。"

已经过去24小时了，公安局客气地跟李进说："现在正是调查阶段，没有证据证明你是清白的，你还需要留在拘留所。"

这时公安局已经在进行有关的调查工作了。

拘留所的刑警分析：电脑上的 App 和李进的讲话录音很明显是由摄像头拍摄和录制的。会议室的摄像头是新安装的，后来又很快被拆掉了。

已经过去两天了，这时，李所长和一组的同事们发现了研究所卫生储物间里有拆下来的摄像头及安装工具，他们立刻报告了公安局，同时报告清洁工梁云广这两天搞卫生丢三落四、魂不守舍。公安人员立刻用科技手段查出，摄像头及工具上是梁云广的指纹。

他们马上传讯梁云广。梁云广 45 岁了，在研究所当清洁工已经十多年了。当公安局传讯他，还没问几句，他就心惊胆战，哭得稀里哗啦的。他坦白道："最近两年，我老婆患了尿毒症，每周要洗肾，又患肺病，无法工作，两个孩子正在读中学，急需用钱。一年前，我向周运组长借了 5 万元，但一直没法还。周运也没有向我要。在今年元旦周运给了我 10 万元，并且说原来那 5 万元不用还了。但叫我摄像……我一开始不答应，但周运威胁说：'你不干，我可以以各种名义炒掉你的工作。'我只好违心地做了。"

公安局又问为什么不处理那些摄像头及工具。梁云广说想将摄像头及工具卖个好价钱。他说平时就有收集废品的习惯，反正研究所的人从来不去卫生储物间，时间长了就忘了。

梁云广又坦白道:"我央求周运明年帮助我儿子出国留学,包括费用。周运也答应了。"他还说:"我儿子读书很好,希望儿子将来也能出人头地。不要像我那样没出息,当个清洁工。"然后梁云广卑躬屈膝地对公安人员说:"我一字不留地向你们坦白了,希望能得到你们的宽大处理。"

是周运制造了这起事件,此事在飞翔公司掀起了惊涛骇浪。

周运此时在何处?公安局准备马上传讯他。然而周运一周前已回德国。他持有德国籍护照,老婆孩子在德国。其父母在西北老家,已经70多岁了。公安局又查询到,周运21岁到德国留学,留学之后在德国工作了15年,这两年回国首选在飞翔公司研究所工作。公安局分析,关于护理老人机器人的资料,他是否盗窃还是个问题。公安局还发现他与德国H公司这两年有明显的经济往来,有犯罪嫌疑。周运被定为重大嫌疑人。

此时,前往名盛仿真公司调查的刑警也在现场收集到了信息。

情况如下:名盛公司是一家民企,生产仿真产品,与周运生意往来已经十多年了。以前该厂是按周运的来样或来料并附有模型及图纸生产机器人的。生产好的机器人,仅达到八成出口。剩下关键的二成,在德国组装,然后全部销往德国或者欧洲。这次购买的护理老人机器人资料,技术与设计水平都很高，按国际市场价格至少要50万美元，周运只收100万元人民币，该厂很是感谢他。但厂家问为什么要将100万元汇到李进的个人账号？

周运说："我与李进一直合作设计，我没要你们一分钱，人家拿100万还不应该吗？你们如果汇到飞翔公司要人民币360万元。"厂家唯利是图，反正一手交钱一手交设计。他们跟周运以前的长期合作都是通过周运的个人账号。况且周运现在是飞翔公司研究所的负责人，所以就交易了。厂家还希望今后与周运继续合作。

公安人员分析，此时向名盛取回设计已经没有意义了，厂家已经看过了。根据国家商业保护的有关条例，可以完全禁止名盛公司生产该护理机器人，同时退回100万元给名盛公司。因为专利权在飞翔公司，可由飞翔公司与名盛公司协商或走法律途径解决。

根据厂家提供的信息和梁云广的供词，公安局认定此事件是周运所为，定周运为重大犯罪嫌疑人，通知海关等部门立即逮捕他。

梁云广移交法院依法处理。

李进被宣布无罪。李进马上通知平安将100万元暂退到飞翔公司。待与名盛协商后，确保飞翔依法取回专利权。

第四天一早，李光宇、陈部长开车到公安局去接李进。

李进的神情有一种超然物外的淡然与平静。他们三人与公安局人员握手告别后，直奔研究所。

路上，李光宇说："这两年周运没有出自主创新的成果，反倒是模仿别人的技术。我一直在焦虑这个问题。李进来了以后，不仅频频出成果，工作沉稳扎实，重要的是研发了我们独立自主的新产品，达到世界先进水平，拥有了飞翔的知识产权。所以我委任李进为第一组长。"

陈部长听完沉重地说："这就是周运为什么要陷害李进的原因。"一阵沉思，他说，"我们将与人事部尽快一起完善保护科技人才和科研成果等制度。"

到了研究所，李进向两位领导告辞。他说："这么热的天气，已经四天没洗澡了。"他不好意思地笑了笑，然后又认真地说，"七个月大的女儿又病了，我得马上回家看看，两天后准时回来上班。"

两位领导听了，异口同声地说："这几天辛苦你了，也委屈你了。真抱歉！回家把事情处理好再回来吧。向你家人问好！找一个合适的时间，我们到你家去慰问。"

李进听了，愉快地点了点头，说了声："谢谢。"然后马不停蹄地开着车回家了。

第十二章　一万年太久，只争朝夕

　　李进今天终于回到家了。平安和父母及哥哥嫂嫂、李婷等都在家里等他。大家都极为关心此事。

　　李进先是问了小女儿的病情，平安马上说："已经好转了。"

　　然后，李进很平静地诉说了原委……大家才放下心来。

　　平安拿了一套干净的内外衣，叫李进赶紧去洗澡。李进一边洗澡，一边盯着淋浴上喷下来的水花，晶莹剔透，让人不由自主地想要俯身掬一捧清水，感受那纯净透心的清凉。他感到别样舒畅。他又一次地感到为大家付出和为小家付出、为社会做出贡献，是那般幸福！

　　洗完澡出来，家里的人仍在客厅等候他。

　　平安递给李进一条热毛巾，给他冲了一杯热咖啡，她抚摸着李进的肩膀，还是担心地流下了眼泪。李进深情地看着平安说："我没事了。"然后，拉着她的手叫她坐在自己身边。红玉也给家人冲上了红茶和咖啡。

李进喝了一口咖啡，深有感触地说："原以为搞研究工作，人事关系会很单纯，尤其是这样的大公司。可居然还有周运、陈东可这样道貌岸然的人，心肠狠毒、阴险狡诈。他们的行为，说明干什么工作，人与人之间都会有利害冲突，你越想得到安稳，越得不到安稳。世上根本没有世外桃源。"

他又喝了一口咖啡，深深思索后说："科研工作越干到尖端处，冲突和风险就越大。经历了生死成败，品过了悲欢离合，才读懂了人生。"然后，他又坚定地说，"我既然选择了这个行业，就不怕遍体鳞伤，不怕百味杂陈。我们要像野草一样，再恶劣的环境也要顽强地生长，突破科技难关，努力地创造出中国人自己的高端产品！"大家听了李进这一席话，忍不住为他鼓掌。

他又接着说："当然，我们还要在冲突中学会和善于解决问题。未来是创造力和想象力的竞争，是智慧和体验的竞争。机器人不怕苦、不怕累、不会生气、不会耍心机。机器人有芯片，而我们人类有伟大的心、高尚的灵魂和爱。我们要从困难中历练，焕发新生，成为最好的自己，成为真正的人！"

接着，林斌动情地说："说得太好了，你现在是破茧成蝶。既然我们选择了奋斗的目标，就不怕遍体鳞伤，不怕百味杂陈。我和你嫂子心脏都不太好。刚到西藏昌都的第一个月，我们都快受不了了，但想到教育事业的重大意义，我们最终坚持下来了。这一切，让我们感知到信仰的力量无坚不摧！"

林海涛看见自己的孩子们有如此的崇高理想，笑逐颜开，激动地站起来，对太太说："咱们喝瓶红酒吧。"说着拿了一瓶收藏 10 年的长城干红出来，叫红玉炒几个菜。舅舅和冯姨也赶紧过来帮忙。

大家边吃菜、边喝酒、边畅谈祖国现在快速发展的连连盛事……

平安兴奋地说："两个小宝宝还没名字呢。"

李进建议："叫外公外婆起名吧。"

林总笑呵呵地说："我们早就想好了。男孩子叫李光明，小名叫明明。女孩子叫李欣荣，小名叫欣欣。你们说，可以吗？"大家都说好。

晚上，平安告诉李进一个好消息，父母给舅舅和冯姨重新盖的房子和院子，图纸已经完成了，是两层楼，院子也很漂亮。她叫李进有空提个意见。如果大家都认可的话，今年 9 月选个好日子就动工了。李进听了满心欢喜，说："是该感谢舅舅和冯姨两位老人家了。"

生完孩子的平安，身材还是那么苗条。她早早地洗了澡，给李进拿了一套睡衣，递给了他，温柔地说："还不快去再洗个小澡。"

李进马上欢乐地说："今晚我们共同欣赏一个赏心悦目的

节目……"

第二天正好是星期六。早晨，李进和平安用婴儿车推着明明和欣欣在自家的院子里走动，晒太阳。他们家的院子约有 400 平方米大。明明长得虎头虎脑，黑亮的大眼睛，眼波闪闪溜溜，十分动人。欣欣那红嘟嘟的脸蛋闪着光亮，像 9 月里熟透的红苹果一样，眼睛虽然没有哥哥的大，但明亮、柔静。李进欢喜地说："女儿像爸爸，儿子像妈妈。"平安也欢喜地说："像谁都好看，只要健康就行。"接着，平安好奇地问李进，"现在科技这么发达，十几年以后，咱们的孩子学什么专业才好？"李进听了，抿嘴一笑地回答她："孩子的未来学什么专业，由他们喜欢，只要对社会有贡献就好了。"

李进接着又侃侃而谈："世界在进步，中国也在进步，甚至发展得更快！虽然仿真技术可以替代许多行业的工作，如：餐饮、部分服务工作、医疗护理、工业，甚至是进入高端的行业。这是一种新质生产力。产生新质生产力的同时，也产生新的行业，新的工作岗位。如建立仿真技术制造机器人的工厂，它必须拥有维修、售后服务等等。技术革命提高人类的生活质量，又开拓了新的高品质岗位。括而言之，最终还是靠人类的智慧去发展，去自然平衡。"

平安边听边悦服地点头，那双大眼睛闪烁着光芒，对未来心驰神往。

8 月上旬一个星期天的清晨，李进领着平安，约了国庆和妹妹一起去看望爸爸妈妈。

国庆说："现在不是清明节，你是有话对父母说吗？"李进回答："是的。"到了墓地，他们献上了鲜花，烧了香，行礼。

接着，李婷啜泣地告诉父母："亲爱的爸爸妈妈，你们离开我们八年多了，我们一直在想你们！这些年我们一直在努力地做人做事。我已经结婚了，爱人是你们认识的江国庆，他对我很好。明年我就要做妈妈了，我希望做一个好妈妈，做一个最好的自己，培养孩子成为身心健康快乐的人！"国庆搂着李婷，拿出手帕为她擦干泪水。

李进哽咽地接着说："亲爱的爸爸妈妈，我和妹妹一样，已经可以自食其力了。回想你们刚离开的那段时间，我像在绝境里生活。我和妹妹从小生活在蜜罐里，真不知道外面的世界是那样现实、那样复杂。现在我们基本适应了。我读完了研究生，考上了博士，已经在喜欢的专业上脚踏实地地工作了。我明白人生不会一帆风顺，将来我们可能还会碰到想不到的坎坷，但我要在逆境中修炼，越挫越勇、永不放弃！

"爸爸妈妈，虽然你们离开八年了，但你们在我们心中从来没有离开过。你们传递给我们的自强不息的精神一直鼓舞着我们走到今天。

"这些年来，我深深体会到，如果你们还在人世，也许我不会走那么多的弯路，也许我和妹妹会走得更快，飞得更高！亲情是黑暗中的一处光明，在我们心中是无可代替的慰藉与温馨。因此，亲情的鼓励永远是最有力量的。"

李进热泪盈眶地继续说："亲爱的爸爸妈妈，没有你们对我们从小的教育，就没有我们的今天。还有，我已经结婚了。爱人叫平安，是个贤惠体贴、知书达理的好女孩。我们已经有了两个孩子，是龙凤胎，都七个月大了，长得非常健康可爱。等他们大一点，我们带他俩来看爷爷奶奶。我们身边的亲人将来会越来越多，你们为我们高兴吧！"说完李进站起来，擦干泪水。

他那双深邃的目光盯着父母的相片沉思着。

此时一轮红日冉冉升起，金光万道，照耀着整个大地。

国庆说："今天阳光灿烂，是个好兆头啊！现在才 10 点 30 分，不如到厦江大学看看，我们好久没有回去了。"

大家觉得这个提议太好了。平安含着热泪，拉着李进的手一起走。

到了大学，已经 11 点多了。今天是星期天，居然有许多教室开课，老师们还在给学生们上课。

他们走进图书馆，这里别样安静，静得掉一根针都能听见。这些大学生都不到 20 岁，正在专心致志地读书。到了 12 点，大家孜孜不倦，仍没人离开，更没人看手机。李进惊叹地小声说："他们是壮志凌云，积极进取啊！比我们那时候要勤奋得多。"

四人静悄悄地离开了图书馆。

他们走在学校的大道上，望着那片茂密的树林，枝繁叶茂，如一片绿洲。

这时，快到 12 点 30 分了。一拨又一拨的青年学生陆陆续续地走向绿洲，他们朝气蓬勃，青春洋溢。

李进对国庆说："跟他们相比，我们都老了。"

两人不约而同面对面地说："多少事，从来急；天地转，光阴迫。一万年太久，只争朝夕。"

这时，阵阵微风带着芳香四溢吹过脸颊，一声声清脆的鸟鸣绿波翻涌地和花香传来。

看，鸟儿们正扇动它们那美丽的翅膀，朝着一望无际的天空自由飞翔！